최성윤 교수와 함께 읽는

최척전 | 조위한

주생전 | 권필

서연비람은 조선 시대 왕궁 내, 강론의 자리였던 서연(書筵)에서 여러 경전의 요지를 모아 엮은 왕세자의 필독서를 말합니다. 서연비람 출판사는 민주주의 국가의 주인인 시민들 역시 그처럼 지속 가능한 과거와 현재, 미래의 이치를 깨우치고 체현해야 한다는 믿음으로 엄선한 도서를 발간합니다.

서연비람 고전 문학 전집 6

최성윤 교수와 함께 읽는 최척전/주생전

초판 1쇄 2018년 12월 31일   **2판 1쇄** 2021년 11월 30일
지은이 조위한/권필
옮긴이 최성윤
펴낸이 이은아
펴낸곳 서연비람
등록 2016년 6월 29일 제 2016-000147호
주소 서울시 강남구 도곡로 422, 5층
전자주소 birambooks@daum.net

ⓒ 서연비람 2018, Printed in Korea.

ISBN 979-11-89171-11-7 04810
ISBN 979-11-89171-06-3 (세트)

값 12,000원

「이 도서의 국립중앙도서관 출판예정도서목록(CIP)은 서지정보유통지원시스템 홈페이지(http://seoji.nl.go.kr)와 국가자료공동목록시스템(http://www.nl.go.kr/kolisnet)에서 이용하실 수 있습니다.(CIP제어번호: CIP2018040332)」

서연비람 고전 문학 전집

6

최성윤 교수와 함께 읽는

최척전 / 주생전

조위한 / 권필 | 최성윤 옮김

서연비람

차례

책머리에   9

「최척전」과 「주생전」을 읽기 전에   13

「최척전」   19

  쪽지로 전한 마음   21

  지키지 못한 약속   36

  너무나 짧았던 행복   54

  뿔뿔이 흩어진 가족   66

  만리타향에서의 재회   78

  꿈에 그리던 조선으로 돌아오다   90

  돛단배 하나로 망망대해를 건너   105

  마침내 한곳에 모인 가족   121

작품 해설 「최척전」 꼼꼼히 들여다보기   129

「주생전」 151

　바람이 부는 대로 153

　배도와의 만남 159

　조약돌과 옥구슬 172

　옥구슬을 훔치다 188

　연적이 된 두 여인 204

　배도를 묻고 선화를 떠나다 217

　부치지 못한 편지 225

　송도에서 만난 주생 236

작품 해설 「주생전」 꼼꼼히 들여다보기 241

해설 「최척전」과 「주생전」에 대하여 263

권필

책머리에

조위한의 「최척전」과 권필의 「주생전」을 한데 묶는다. 한 권의 책 속에 이 작품들을 앞뒤로 배치하는 데는 몇 가지 이유가 있다.

우선 이 두 작품이 16세기 후반이라는, 비슷한 연대를 시대적 배경으로 채택하고 있다는 점을 꼽을 수 있다. 특히 우리 민족이 경험한 비극적 전란의 대표 격인 임진왜란이 작품 내용에 개입되어 있어 두 작가가 이를 어떻게 처리하고 있는지를 흥미롭게 살펴볼 만하다.

조위한과 권필은 그들의 나이 20대 중반에 임진왜란의 발발을 보았다. 사회에 대한 문제의식이 가장 첨예할 시기에 전쟁을 경험하고, 그것이 백성들에게 끼치는 영향을 생각해 보았다고 할 수 있다. 그러나 전란이 작품 속에 개입하는 양상은 사뭇 다르다.

조위한의 「최척전」이 1592년 임진왜란과 1597년 정유재란을 거쳐 후금이 명나라를 침공하던 17세기 전반까지 30년에 가까운 시기를 다루는 데 반해, 권필의 「주생전」은 임진왜란의 발발이 작품 결말 부분에 제시되고, 그 이듬해인 1593년에 쓰였다고 밝히고 있기 때문이다.

「최척전」이 전쟁의 직접 당사자라고 할 수 있는 조선인의 이야기라면, 「주생전」은 전쟁의 중심에서는 약간 비껴나 있는 중국인들을 주인공으로 삼은 이야기이다.

따라서 「최척전」의 전쟁이 인물들의 생애 전반을 지배하는 중심 서사의 축으로 작용하는 데 비해, 「주생전」의 전쟁은 인물들의 비극적 사랑이라는 중심 서사를 보조하고, 그것을 운명적으로 마무리하는 계기로 나타난다.

「최척전」과 「주생전」이 당대를 배경으로 하면서 가탁(어떤 사물을 빌려 감정이나 사상 따위를 표현하는 일)의 형식을 취하고 있다는 것도 두 작품의 공통점이라고 할 수 있다. 작가가 결말 부분에 직접 등장하여 작품의 주인공을 만났다고 진술하는 수법이다.

그들의 이야기를 듣고 요약하여 전한다는 작가의 말은 독자에게 이 작품의 서사가 실제 있었던 이야기일 수 있다는 일종의 현실감을 불러일으킬 수 있다.

가탁의 형식을 활용한 것 외에도 「최척전」과 「주생전」은 당대의 다른 작품들에 비해 사실적인 작법의 면모를 유감없이 드러내고 있다. 당대의 현실이 빚어 낸 인물들의 삶의 모습을 있는 그대로 반영하려는 작가 의식의 소산이라고 할 수 있다.

'있는 그대로' 그려 내기만 해도 독자들에게 기이한 이야기로 받아들여질 수 있다고 계산한 것일지도 모른다. 그만큼 조위한과 권필이 살았던 시대는 결코 보편적이라고 할 수 없는, 민족사적으로 예외적인 시기에 속하기 때문이다.

그럼에도 불구하고 이 두 편의 작품은 결국 본질적으로 지극하고 간절한 사랑 이야기이다. 사랑하는 남녀가 서로를 그리워하면서도 현실적 조건에 의해 좀처럼 만나지 못하는 안타까움의 서사다.

그들의 사랑은 어떤 것이었는가? 그들의 사랑을 방해하는 요인은 결국 어떻게 해석되어야 하는가? 결국 모두가 한자리에 모여 행복한 가정 속으로 귀환하는 결말과 끝내 만나지 못하고 뿔뿔이 흩어져 자신의 자리에서 상대를 그리워할 수밖에 없는, 숙명적 비극의 결말은 어떻게 다른가? 작가로서의 조위한과 권필은 왜 각각 다른 결말 구조를 선택한 것일까? 하나씩 생각하면서 읽을 만하다.

한문으로 쓰인 텍스트를 직역하면 두 작품은 현대의 단편 소설 분량에 지나지 않는다. 그러나 그 속을 들여다보면 모두 장편에 걸맞은 서사의 화소를 거느리고 있다. 말하자면 작품 내 서술이 불충분하거나 불친절하다고 여겨질 수 있는 것이다.

현대어로 다시 옮기면서 작품이 지닌 서사 내용과 인물들을 통해 전해지는 정서적 측면, 그리고 작가 의식이 깎이거나 왜곡되지 않도록 유의하였다.

한편, 위에서 말한 것처럼 현대 독자들에게 생경하게 혹은 불친절하게 느껴질 수 있는 서술은 구체적으로 장면화하거나 주석을 보충하여 이해를 돕고자 했다. 이와 같은 옮긴이의 노력이 불필요하고 과도한 친절이 아니었기를, 그래서 글 읽기의 속도감을 떨어뜨리고 재미를 반감시키는 요소가 되지 않기만을 바란다.

사랑이라는 감정은 지금이나 몇 백 년 전이나 사람이라면 누구나 가지고 있는 것이다. 최척, 옥영, 주생, 배도, 선화 등 그 시대 젊은이들의 설렘과 안타까움을 현대 독자도 공감할 수 있는 이유는 우리도 그들처럼 사랑하며 살아갈 수밖에 없는, 그들과 다름없는 인간이기 때문일 것이다.

「최척전」과 「주생전」을 읽기 전에

서연 교수님, 교수님은 언제 결혼하셨어요? 20대? 30대?

교수님 그건 또 왜 궁금한 걸까? 10대나 40대에 결혼하지는 않았단다. 파격적인 건 아니었지? 남들처럼 20대나 30대에 결혼했다는 뜻이니, 그러고 보면 내 인생도 참 평범하구나.

서연 첫사랑은요?

교수님 어이쿠, 그것 참 듣던 중 신선하고도 충격적인 질문이구나. 그것도 그냥 적당한 때에…….
그나저나 내가 대학생 시절 교생 실습을 나갔을 때 비슷한 질문을 받은 적이 있는데, 그게 벌써 얼마 전인가?

서연 교수님 첫사랑이나 사모님 이야기를 듣고 싶어서 그러는 거 아니니까 걱정 마세요. 별로 재미도 없겠죠, 뭐.

교수님 그래. 너무 평범해서 별로 재미나는 이야깃거리는 없는 것 같네.

서연 제가 궁금한 건요, 교수님 연세 정도의 보통 사람들이 몇 살쯤 연애를 하고 몇 살쯤 결혼을 했는지, 뭐 그런 것들이에요. 교수님께서 얼마나 옛날 사람인지 잘 느껴지지 않아서요.

교수님　내가 좀 늙은 건 사실이지만, 조혼의 피해자를 자처하던 20세기 초반의 사람은 아닌데, 너희들에게는 나도 그냥 똑같은 옛날 사람이구나. 좀 충격인걸.

그럼 이번엔 내가 한 번 질문해 볼까? 너는 남자 친구가 있니? 혹시 있다면 부모님도 그 친구가 누군지 알고 계시니?

서연　글쎄요, 교수님처럼 일부러 애매하게 대답하려는 건 아닌데요. 있다고 해야 할지, 없다고 해야 할지 잘 모르겠어요. 그러니 부모님께도 말씀드리지 않았고요.

교수님　남자 친구인 건지 아닌지 잘 모르겠지만 하여간 누군가 있다는 뜻이구나. 아무튼 좋다. 나도 네 남자 친구 이야기를 듣고 싶어서 그러는 건 아니니까.

그나저나 네 또래의 중학생이나 고등학생이면 남자 친구가 있는 아이들이 많겠지? 왜 안 그렇겠니. 예전 조선 시대 같으면 네 나이에 연애도 하고 시집도 가고 그랬는데 말이야.

서연　그랬다면서요. 몽룡이나 춘향이처럼요. 걔들이 제 또래였다니…….

교수님　이왕 이야기가 나온 김에 오늘은 그럼 옛날 사람들의 사랑 이야기를 두어 편 읽어 보기로 할까? 한 사오백 년 전쯤의 사람들은 어떻게 사랑하고 어떻게 맺어지거나 헤어졌는지,

지금의 사랑과 비슷하다면 어떤 점이 비슷하고, 다르다면 어떻게 다른지 비교해 보면 재미있지 않을까?

서연 재미있는 걸로 좀 골라 주세요.

교수님 「최척전」이나 「주생전」은 어떨까? 들어본 적 있니?

서연 아뇨, 그런데 아무튼 최척이라는 이름을 가진 남자의 사랑 이야기이겠고, 주씨 성을 가진 선비의 사랑 이야기이겠군요.

교수님 그렇기도 하지. 그런데 재미있는 것은 오히려 이 작품들에 묘사된 여성 인물들의 모습이란다. 「최척전」의 '최척'은 뛰어난 재주를 가진 사람이라고 소개되지만, 그저 평범하게 세상에 순응하면서 살아가는 것처럼 보이는 인물이야. 게다가 「주생전」의 '주생'은 바람둥이나 다름없는 남자인데, 두 여자 사이에서 맺고 끊는 것 없이 제 욕심만 부리는 인물이지.

그에 비해 「최척전」의 '옥영', '홍도' 등 여성 인물들은 굉장히 적극적이고 진취적인 성격의 소유자란다. 「주생전」의 '배도'나 '선화' 또한 능동적으로 배우자를 선택하고 상대에게 이후의 과제를 구체적으로 제시하는 등 당시의 관점으로 보면 되바라진 여성이라고 할 만한 인물이지. 현실을 타개하려는 노력과 행동의 면에서도, 사랑의 주도권을 쟁취하려는 심리의 면에서도 이들의 모습은 남성 인물들에 비해 돋보이는 것이 사실이야.

서연 그렇군요. 그런데 이 작품들은 언제 쓰였나요?

교수 「홍길동전」을 쓴 허균을 알고 있겠지? 「최척전」을 쓴 조위
한과 「주생전」을 쓴 권필은 허균과 비슷하거나 같은 연배
의 절친한 친구 사이였다고 한다. 16세기 후반 혹은 17세
기 전반기라고 하면 언뜻 감이 오지 않지? 허균이라는 친
숙한 작가가 있으니 그들이 서로 우정을 나누던 젊은 날을
생각해 보려무나.

또 한 가지, 당시에는 민족의 비극이라고 할 만한 큰 전쟁
이 연이어 일어났단다. 그 유명한 임진왜란이 1592년에 발
발하지 않았니. 그리고 5년 후에 정유재란이 일어났고. 그
런 사정이 작품에 배경으로 개입되어 있다고 하면 단순한
사랑 이야기로만 치부할 수는 없는 작품이겠지?

특히 「최척전」은 우리 민족의 비극이 한 가족의 고난과 극
복의 이야기로 고스란히 겹쳐 있는 작품이란다. 그렇다고
너무 심각하게 받아들일 건 없고, 지금 너희들이 생각하는
사랑에 비추어 그 옛날 사람들의 설렘과 안타까움, 슬픔과
절망의 감정을 있는 그대로 느껴 보면 좋겠다.

서연 참 예나 지금이나 작가들은 늘 사랑이라는 주제를 이야기
하려 애쓰는데, 왜 그것들은 한결같이 비극적인 걸까요?

교수 글쎄, 너희들도 시간이 지나면 느끼겠지만……, 아니 벌써
느끼고 있을지도 모르지만, 「주생전」의 상황이 아니더라

도 사랑이라는 게 언제나 몇 번쯤은 사람을 처량하게 만들 거나 치사하게 만드는 구석이 있지. 하지만 그래서 가장 솔직한, 숨길 수 없는 감정이기도 한 게 아닐까? 그런데다가 「최척전」에서는 일상적이지 않은, 전쟁이라는 예외적인 상황마저 개입되었으니 평범한 백성들로서는 이겨 내기 힘든 고통이었겠지.

남는 문제는 우선 작품을 읽어 보고 다시 이야기하자꾸나.

서연   그럼 이 책은 빌려 보고 돌려드릴게요.

교수   참, 한 가지만 더…….

「주생전」을 읽다가 '뭐 이런 나쁜 놈이 다 있어?' 하고 책을 집어던지고 싶을지도 몰라. 그러려니 하고 조금만 참으렴. 책 망가지면 내가 속상하지 않겠니. 그래 줄 수 있지?

겨울 산수

최척전

조위한

산수인물화

쪽지로 전한 마음

임진왜란이 한창이던 조선 선조 때 전라도 남원 땅에 가난한 아버지와 아들이 살고 있었다. 이들 부자의 집은 서문 밖 만복사[1] 근처에 있었는데, 어느 날 아버지는 아들을 앞에 앉혀 놓고 엄히 꾸중을 하고 있었다.

"오늘은 또 어디 가서 하루 종일 누구와 무엇을 하다가 들어온 것이냐?"

아들은 전에 없이 정색을 하고 있는 아버지의 굳은 얼굴과 목소리에 주눅이 든 것 같았다. 아버지는 아무 대꾸 없이 조용히 듣고만 있는 아들의 모습에 안타까움이 더해 갔다. 흙투성이가 된 옷차림에 땀 냄새가 가득한 걸 보면 굳이 말하지 않아도 사냥을 하느라 정신이 팔렸다가 저녁 늦게 귀가한 것이 틀림없었다.

"네 방에서 글 읽는 소리가 난 것이 언제가 마지막이었는지 기

---

1 만복사(萬福寺) : 고려 문종 때 창건된 사찰로 한때 융성했으나 정유재란 때 왜군에 의해 소실되어 복원되지 못하고 현재 절터만 남아 있다. 우리나라 최초의 한문 소설인 김시습의 『금오신화』 중 「만복사저포기」를 통해 당시 실상을 추측해 볼 수 있다.

억도 나지 않는구나. 그렇게 공부는 하지 않고 늘 쏘다니기만 하니 아비의 걱정이 오죽하겠느냐? 어디를 갈 것인지, 어디에 갔다 왔는지를 부모에게 알리는 것은 기본적인 예절인데, 그것도 지키지 않으니 한심한 노릇이다."

무릎을 꿇은 채 잠자코 꾸중을 듣고 있는 아들은 최척(崔陟)이라는 이름의 청년이었다. 친구들은 그를 백승(百昇)이라는 자2로 불렀다. 최척은 일찍 어머니를 여의고 부친 최숙(崔淑)과 단둘이 살았다. 아버지는 어려서부터 어머니의 사랑과 형제간의 우애가 무엇인지 모르고 외롭게 자란 아들이 못내 가여웠다. 그래서 엄하게 훈육하는 대신 한없이 너그럽게 아들을 길렀다.

아버지의 사랑 속에서 최척은 좀스럽지 않고 통이 큰 청년으로 자라났다. 사려 깊은 언행에 친구 사귀기를 좋아하고, 약속을 중히 여기며 반드시 지켰으나, 자잘한 예의범절에는 얽매이려 하지 않았다.

하지만 아버지 최숙의 눈에는 아들의 철없는 행동 하나하나가 늘 걱정스럽게 비쳤다.

"네가 공부는 하지 않고 어설픈 무리들과 어울려 다니니, 나중

---

2 자(字) : 우리나라와 중국에서 관례(성인식)를 치른 사람에게 본 이름 외에 붙여 주던 별명. 실제 이름을 공경하여 부르기를 꺼려하는 풍습에서 비롯된 것이다.

에 아비 얼굴에 먹칠하는 사람이나 되지 않을까 걱정이다. 더구나 지금이 어떤 시절이냐? 나라에 전쟁이 나서 고을마다 군사들을 모으고 다니는 판인데, 그렇게 사냥이나 하고 다니니 누가 봐도 너부터 징발3하려 할 것이다. 이제 아비도 늙어 점점 힘이 떨어져 가는데, 누구를 믿고 살아야 할지 한심할 지경이다. 이제부터라도 책상머리에 앉아 글을 읽고 과거 공부에 힘쓴다면 비록 급제는 하지 못할지언정 전쟁터에 끌려가는 일은 면할 수 있을 게 아니냐?"

최척은 곰곰이 생각해 보았다. 사실 이제까지 글공부나 과거 시험을 진지하게 생각해 본 적이 없었다. 양반 가문에서 태어났지만, 관리가 되어야겠다거나 기울어진 가문을 일으켜야겠다는 야심을 가진 것도 아니었다. 그저 마음에 맞는 친구를 사귀고 하루하루를 즐기며 살아온 그는 지난 시간들이 헛되지는 않더라도 얼마나 무책임한 나날이었는지 아버지 앞에서 반성하게 되었다.

아들의 표정을 찬찬히 살피던 최숙은 높아졌던 언성을 누그러뜨리고 다시 자상한 아버지의 얼굴로 돌아와 차근차근 타일렀다.

"너도 이제 이만큼 자랐으니 제 앞가림을 할 계획과 포부는 있어야 할 것이다. 타고난 재주가 모자라지 않은 바에야 되든 안

---

3 징발(徵發) : (물자나 사람을) 강제로 모으거나 거두어들이다. 여기서는 군대의 필요에 따라 민간인을 징발하는 일을 말한다.

되든 우선 글공부를 해 보는 것이 좋지 않겠느냐? 성 남쪽에 정 생원이라는 선비가 살고 있다. 내 어릴 적부터 친구로 지내온 만큼 잘 아는 사이란다. 늘 공부에 힘써 학식이 높고 글도 잘 쓰는 사람이니, 처음 공부하는 학생을 이끌어 주는 데 부족함이 없을 것이다. 그분을 찾아가 선생님으로 모시고 배워 보는 것이 어떻겠느냐?"

최척은 아버지의 말이 끝나기 무섭게 제 책상 위의 책들을 주섬주섬 챙기기 시작했다.

아버지는 자신의 말을 따라 곧장 실행하는 아들이 대견스러우면서도 한편으로는 안쓰럽기 그지없었다. 뒤늦게 공부를 한다 해서 꼭 과거에 급제하리라는 법도 없고, 과거에 급제한다고 해서 꼭 크게 쓰이는 인물이 되리라는 보장도 없는 세상이다.

무엇보다 최숙 자신이 지나온 세월을 돌아보면 굳이 자식에게 하기 싫은 공부를 강요할 필요는 없을 것 같았다. 그렇게 고삐 풀린 말처럼 자라더라도 호방하고 의리 있는 사내가 될 수 있다면 나쁘지 않다고 생각했던 것이다.

하지만 아들이 점점 장성하면서는 조금씩 걱정이 늘어 갔다. 동네의 일 없는 젊은이들과 어울려 다니면서 하루하루를 낭비하고 있는 것보다는, 차분히 책상 앞에 앉아 공부하는 것이 자식의 앞날에 유익하지 않을까? 게다가 언제 전쟁이 끝날지 모르는 어지러운 세상이 아닌가. 그러다가 생각난 사람이 죽마고우 정 생원이었던 것이다.

이튿날 아침이 밝았다.

"아버님, 다녀오겠습니다."

최척은 아버지께 공손히 절하고 나서 간단히 꾸린 책보를 어깨에 메고 대문을 나섰다. 아버지는 앉아서 인사를 받고 굳이 내다보지 않았다. 한 번 다잡은 아들의 마음이 흐트러질까 두려웠기 때문이다. 그러고는 온종일 도통 일이 손에 잡히지 않아 어둑어둑해질 때까지 대문을 바라보며 공부를 마치고 돌아올 아들을 기다리는 것이었다.

"다녀왔습니다, 아버님."

저녁이 되어 집으로 돌아온 아들을 맞이하면서도 최숙은 궁금한 마음을 애써 억누르며 평상시와 다름없이 대했다. 정 생원의 집에 가서 가르침을 청하면서 무슨 실수를 하지는 않았는지, 첫날부터 공부에 흥미를 느끼지 못하고 딴생각만 하다가 돌아온 것은 아닌지 궁금한 것투성이였다. 하지만 그런 걱정은 오래가지 않았다. 집으로 돌아온 최척이 곧바로 책상에 앉아 그날 배운 것을 되새기고 있었기 때문이다.

다행히 최척은 처음 하는 공부에 잘 적응하는 것 같았다. 정 생원의 집에 다니기 시작한 이후 몰라보게 의젓해지고, 공부하는 데 온 정성을 기울이며 한눈을 팔지 않았다.

최척의 간곡한 부탁을 이기지 못하고 문하생으로 받아들인

정 생원은 하루하루 늘어 가는 제자의 솜씨에 커다란 보람을 느꼈다.

그렇게 두어 달이 지나자 최척의 학문은 크게 진전되었다. 공부방에서 글 읽는 소리가 물 흐르듯 끊이지 않았고, 마치 강둑이 터지듯이 글을 써 냈다. 보는 사람마다 최척의 총명함에 탄복하여 칭찬을 아끼지 않을 정도였다. 스승인 정 생원은 물론 아버지 최숙도 최척을 매우 자랑스러워했다.

정 생원의 집에서 공부할 때면 늘 창가에 몸을 숨긴 채 최척의 목소리를 가만히 엿듣는 한 소녀가 있었다. 십칠팔 세쯤 된 그 소녀는 그림처럼 어여쁜 눈과 칠흑처럼 검은 머리카락을 가지고 있었다.

하루는 정 생원이 식사를 하느라 아직 나오지 않고 최척이 혼자 앉아서 책을 읽고 있었다. 그때 갑자기 창문 틈으로 곱게 접은 종이쪽지가 날아와 책상 위에 떨어졌다. 의아하게 생각한 최척은 쪽지를 주워 펼쳐 보았다.

매실이 다 떨어져,
광주리에 주워 담네.
나를 찾는 낭군이여,
지금 말씀하세요.

『시경』에 수록된 시 「표유매」4의 마지막 장이 적혀 있었다. 최척은 괜히 얼굴이 붉어지고 가슴이 두근거렸다. 「표유매」는 시집 못 간 여자가 짝을 구하는 마음을 노래한 시가 아니던가.

'누가 내게 이런 쪽지를 건넨 것일까? 이 시를 알 만한 여인이라면 틀림없이 양반가의 규수일 텐데, 그런 사람이 이처럼 대담한 말을 사내에게 걸 수 있는 걸까?'

최척은 정신이 날아갈 듯 황홀하고 마음이 들떠서 좀처럼 진정되지 않았다. 혹 어두운 밤을 틈타서라도 자기를 기다린다는 여인의 방으로 찾아갈 방법은 없는 걸까, 부질없는 상상을 해 보기도 했다. 언젠가 읽었던 소설 속의 장면처럼 몰래 비연5을 껴안듯 할 수 있다면…… 하는 데까지 상상의 나래를 펴던 최척은 이내 뉘우치며 고려 때 김태현6의 옛이야기를 떠올렸다. 그러자 곧 스스로를 경계하고 반성하게 되었다. 하지만 한 번 들뜬 마음은 쉽게 가라앉지 않았고, 마음속에서는 젊은이의 욕망과 선비의 도덕이 서

---

4 **표유매(摽有梅)** : 『시경』의 '소남(召南)' 편에 수록된 시로, 처녀가 나이 듦에 따라 짝을 구하는 마음이 급해짐을 읊은 노래이다. 시의 전문은 다음과 같다. "매실이 다 떨어져 / 달린 매실 일곱 개분 / 나를 찾는 낭군은 / 좋은 날에 오시려나. // 매실이 다 떨어져 / 달린 매실 세 개분 / 나를 찾는 낭군은 / 오늘에나 오시려나. // 매실이 다 떨어져 / 광주리에 주워 담네. / 나를 찾는 낭군이여 / 지금 말씀하세요."

5 **비연(非煙)** : 당나라 전기 소설(傳奇小說) 「비연전」의 여주인공 이름

6 **김태현(金台鉉)** : 고려 시대의 학자이자 문신. 김태현이 젊은 시절 글을 배우던 집 딸이 청상과부로서 시를 조금 알았는데, 어느 날 그녀가 김태현을 사모하는 마음을 읊은 시를 지어 창문 틈으로 던져 넣자 김태현은 그 집에 발을 끊고 다시는 가지 않았다는 고사가 전한다.

로 싸우고 있었다.

이윽고 식사를 마친 정 생원이 방으로 들어왔다. 최척은 정신을 차리고 시가 적힌 쪽지를 얼른 소매 속에 감추었다.

수업을 마치고 물러나온 최척이 집으로 돌아가는 길이었다. 푸른 옷을 입은 계집아이 하나가 문밖에 서 있다가 냉큼 뒤를 따랐다. 그리고 최척의 등 뒤에서 나직한 목소리로 말했다.

"선비님, 아뢸 말씀이 있습니다."

최척은 이미 쪽지에 적힌 시를 보고 한바탕 마음이 들떴던 터인지라 왠지 모를 기대감에 휩싸였다. 필시 이 계집아이가 편지의 주인과 어떻게든 연관되어 있으리라는 짐작이 들었던 것이다.

최척은 가만히 고개를 끄덕이며 말했다.

"어쩐지 얼굴이 익숙한 것이 스승님 댁에서 본 적이 있는 듯하구나. 긴한 말이라면 길 위에서 하기 어려울 테니 일단 나를 따라오너라."

최척은 계집아이를 제 집으로 데리고 갔다. 그리고 자세한 사정을 묻자 아이가 조심스레 입을 열었다.

"저는 이 낭자의 여종 춘생이라고 합니다. 아씨께서 저더러 선비님의 화답시7를 받아 오라고 분부하셨습니다."

---

7 화답시(和答詩) : 다른 사람이 지은 시(詩)에 응하여 대답하는 시

최척은 의아한 표정을 지으며 물었다.

"너는 정 생원 댁에 딸린 여종이 아니었느냐? 그런데 왜 그 댁의 아씨를 '정 낭자'가 아니라 '이 낭자'라고 하는 것이냐?"

춘생은 차근차근 대답했다.

"제 주인댁은 본래 서울 숭례문 밖의 청파리8에 있었습니다. 주인 어르신께서 일찍 돌아가신 후에 홀로 남으신 심씨 마님이 따님과 더불어 살고 계셨지요. 따님의 이름은 옥영(玉英)이라고 합니다. 좀 전에 시를 던진 분이 바로 옥영 낭자였답니다. 작년에 난리를 피해 강화도로 피란을 갔습니다. 그곳에서 다시 배를 타고 나주 근처의 회진9이라는 고을로 갔지요. 다시 올 가을에 회진에서 이곳으로 옮겨온 것입니다. 이 댁 주인이신 정 생원 어른께서 저희 마님의 친척이시라 잘 대해 주십니다. 단지 걸리는 것이라고는 지금 아씨의 혼처를 구하고 있는데 마땅한 신랑감을 찾지 못하고 있는 점이지요."

최척은 옥영 낭자에 대해 궁금한 점이 많았다.

"그렇다면 너희 아씨는 어려서부터 홀어머니 슬하에서 자랐다는 말인데, 어떻게 글을 깨우쳤느냐? 어려서부터 재주를 타고난 것이냐?"

---

8 청파리 : 청파리는 현재 숭례문(남대문)에서 그리 멀지 않은 용산구 청파동을 말한다.
9 회진(會津) : 전라도 나주의 서쪽에 있는 고을 이름

"저희 아씨에게는 득영(得英)이라는 오라버니가 한 분 계셨습니다. 글을 잘 쓰는 분이었지요. 그런데 그만 나이 열아홉에 혼인도 하지 못하고 일찍 돌아가셨습니다. 옥영 아씨는 오라버니가 글공부하는 것을 곁에서 지켜보고 어깨너머로 배운 것밖에 없습니다. 겸손한 말씀이실지 모르지만 대략 이름이나 쓸 정도라고 하시더군요."

최척은 하루 종일 머리를 떠나지 않던 궁금증이 어느 정도 풀렸다. 쪽지를 준 여인의 이름이 무엇인지, 그녀가 어떤 상황에 처한 것인지 알게 되었으니 어떻게든 자신의 의사를 표시해야 했다. 아직 옥영 낭자의 얼굴을 본 것도 아닌데, 오래 그리워하던 연인을 만나게 된 사람처럼 설레는 마음이었다.

최척은 심부름 온 춘생에게 간단히 술과 음식을 대접하면서 말했다.

"참으로 수고가 많았다. 잠시만 이것을 먹으면서 기다리고 있어라. 지금 낭자에게 전할 답장을 쓸 터이니."

그리고 붓과 종이를 꺼내 정성스럽게 글을 쓰기 시작했다.

아침에 받은 낭자의 편지가 내 마음을 꼼짝없이 사로잡았습니다. 기쁜 소식을 전해 준다는 신선 세계의 푸른 새를 만난 것처럼 벅차오르는 마음을 억누를 수 없었습니다.

짝 잃은 새가 거울에 비친 제 모습을 보고 슬피 울듯이, 살아남은 남편이 먼저 간 아내의 그림을 보며 몹시 그리워하듯이, 저 또한 제 짝을 만나고 싶은 마음 한량없었지요.

옛날 한(漢)나라의 사마상여(司馬相如)라는 사람은 거문고를 연주해 탁문군(卓文君)이라는 여인을 유혹했다지요. 진(晉) 나라의 가오(賈午)라는 여인은 자기 아버지가 임금께 하사받은 귀한 향(香)을 연인인 한수(韓壽)에게 몰래 주었다고 합니다.

이처럼 남녀가 사랑하는 마음을 숨김없이 전하던 옛이야기를 모르진 않지만, 연인을 직접 만나고 절실한 마음을 전하는 것은 어렵습니다. 마치 신선이 사는 봉래산(蓬萊山)의 첩첩 봉우리를 넘는 것과 같고, 신선 세계로 통하는 약수(弱水)의 험한 물결을 건너는 것과 같습니다. 어떻게 하면 만날 수 있을까 이런저런 궁리를 하노라면 얼굴이 노래지고 목이 홀쭉해질 지경입니다.

그런데 마침 마음을 담은 편지와 함께 사람을 시켜 소식을 전하시니, 우리 두 사람이 월하노인[10]의 실로 엮이고 마침내 두 집안이 서로 혼인으로 맺어진다면 삼생[11]의 소원을 이루어 백년해로의 맹세를 지킬 수 있을 것입니다.

---

10 **월하노인(月下老人)** : 월하노인이라는 신이 주머니 속에 붉은 실을 가지고 다니다가 두 가닥을 묶어 각각의 실에 해당하는 남녀에게 부부의 인연을 맺어 준다는 전설이 있다.

11 **삼생(三生)** : 불교에서 말하는 전생(前生), 현생(現生), 내생(來生)을 통틀어 이르는 말

한 줄 편지로 어떻게 하고픈 말을 다 전할 수 있겠습니까? 또 하고픈 말을 다 한다 하더라도 제 마음을 어떻게 다 전할 수 있겠습니까?

부족하나마 삼가 답장을 올립니다.

춘생은 최척이 써 준 편지를 정성스럽게 접어 품고 돌아갔다. 처소에서 춘생이 돌아오기를 기다리던 옥영은 초조한 마음에 문 밖만 바라보고 있었다.

'나를 경솔하고 천박한 여자로 오해하는 것은 아닐까?'

내심 불안한 마음도 있었지만, 최척에게 이미 마음을 빼앗긴 이상 그를 놓치고 싶지 않아 용기를 낸 터였다.

마침내 돌아온 춘생이 품에서 편지를 꺼내자 옥영의 얼굴은 금세 환하게 밝아졌다. 얼른 종이를 펼쳐 보니 최척의 늠름한 글씨가 두 눈에 가득 찼다. 게다가 간단한 몇 구절의 화답시가 아니라 자신의 마음을 솔직히 드러낸 편지가 아닌가?

옥영은 최척의 글을 밤새 읽고 또 읽었다. 바로 답장을 쓰지 않고는 어차피 잠을 이룰 수 없는 밤이었다.

저는 서울에서 나고 자랐습니다. 여자로서의 정숙한 행실을 미처 다 익히기도 전에 불행히도 일찍 아버님을 여의고 말았습니다. 더욱이 난리를 만나게 되니 의지할 형제도 없이 홀어머니를 모시고 남쪽 고을들을 떠돌아다녔지요. 그러다가 겨우 친척 댁에 의탁하여 살고 있는 것입니다.

제 나이 열다섯이 넘어 혼인할 나이가 되었으나 아직 좋은 사람을 만나지 못했습니다. 그런 중에 전쟁이 일어나고 길에는 도적들이 몰려다니니 제 몸을 잘 지킬 수 있을까, 포악한 자의 손에 몸을 더럽히지나 않을까, 늘 걱정이 됩니다. 늙으신 어머니께서도 짝을 만나지 못한 딸 때문에 늘 근심하시고 안타까워하시지요.

하지만 저는 짝이 없어서가 아니라 제 마음에 맞는 훌륭한 남편을 찾지 못해 걱정이랍니다. 앞으로 살아갈 백 년의 기쁨과 괴로움이 부부의 화합에 달려 있는데, 만일 마음에 꼭 드는 사람이 아니라면 제가 어찌 그를 바라보며 일생을 함께할 수 있겠습니까?

요사이 당신의 모습을 여러 번 지켜보았습니다. 말씀하시는 기운이 온화하고, 몸가짐은 한가로운 듯하면서도 기품이 있었습니다. 무엇보다 매사에 진솔하게 정성을 기울일 것 같은 믿음직한 빛이 얼굴에 가득하여 제 마음에 꼭 들었습니다.

어진 남편을 구하고자 한다면 당신을 빼고 달리 찾을 수 없겠다고 생각했습니다. 용렬한 사내의 아내가 되는 것보다 차라리 군자의 첩이 되는 편이 낫다고 저는 생각합니다. 그간의 사정은

이와 같습니다만, 제 처지를 돌아보면 운명이 기구하여 뜻한 바를 이룰 수 있을지 자신이 없네요.

어제 창문 틈으로 시를 던져 떨어뜨린 것은 결코 이성을 유혹하려는 마음에서가 아니었습니다. 다만 당신이 저를 어찌 생각하실지 알고 싶었을 뿐이에요. 제가 비록 많이 배우거나 잘난 사람은 아니지만, 양반가의 딸이요, 거리에서 웃음을 파는 무리는 아닙니다. 어찌 모르는 남자와 정을 통할 생각부터 하겠습니까?

부모님께 말씀드리고 정식으로 혼례를 올려야 한다는 것은 저도 잘 알고 있습니다. 그렇게 한 후 정절과 신의를 지켜 남편을 진심으로 공경하는 것이 마땅한 도리일 것입니다. 그럼에도 불구하고 인사도 나누지 않은 남자에게 시를 적어 던지고, 스스로 나서서 혼인을 청하는 부끄러운 짓을 저지르고 말았습니다. 게다가 사사로이 편지를 주고받기까지 했으니 그윽하고 반듯한 덕목은 적잖이 잃어버리고 말았습니다.

기왕에 일어난 일들을 돌이킬 수 없으니 후회할 일이 없었으면 좋겠습니다. 이제 서로의 마음을 확인하였으니 우리가 주고받은 편지는 남에게 함부로 보이는 일이 없기를 바랍니다. 다시는 함부로 편지를 하는 일이 없을 것이니, 이후로는 반드시 매파[12]를

---

12 **매파(媒婆)** : 혼인을 성사시키기 위하여 신랑집과 신부집 사이에서 다리를 놓는 사람

통해서 혼사를 의논해 주세요. 아무쪼록 제가 외간 남자와 놀아
나는 부정한 여자라고 조롱받는 일이 없도록 마음을 써 주십시
오. 간절히 부탁드립니다.

새벽닭이 울 때까지 쓰고 고치기를 반복한 옥영의 편지는 다시
춘생의 손을 거쳐 최척에게로 건네졌다.

지키지 못한 약속

최척은 춘생이 전해 준 옥영의 편지를 받아 보고 기쁨을 억누르기 어려웠다. 정숙지 못한 여인이라고 오해할까 봐 걱정하는 마음이 그대로 전해져서 오히려 더욱 사랑스러웠다. 게다가 이후의 일을 예의와 절차에 따라 차질 없이 치르자는 옥영의 제안을 읽으니 그의 지혜로움 또한 넉넉히 알아챌 수 있었다.

최척은 정 생원 댁으로 공부를 하러 가기 전에 아버지께 문안 인사를 드리면서 넌지시 혼잣말을 꺼내어 보았다.

"아버님, 드릴 말씀이 있습니다. 스승님 댁에 얼마 전부터 서울에서 온 친척 누이 한 분이 거처하고 계십니다. 그 부인은 젊어서 남편을 잃었는데, 딸과 함께 단둘이 살고 있답니다. 듣자니 그 딸의 나이가 적당하고 용모도 아름다우며, 성품도 나무랄 데가 없다고 합니다. 아버님께서 스승님께 한 번 구혼의 말을 건네 보시면 안 될까요? 제가 생각하기로는 다시없을 자리일 듯한데, 좋은 혼처를 가까이 두고 그만 놓쳐 버리게 될까 봐 드리는 말씀입니다.

걸음 빠른 자가 먼저 얻는다는 말도 있지 않습니까?"

최숙은 한참을 곰곰이 생각한 끝에 입을 열었다.

"나도 정 생원을 통해 그 누이의 일을 들은 적이 있단다. 그 집이 지금은 고향을 떠나 먼 곳의 친척집에 더부살이[13]하는 신세이지만, 본래 서울의 훌륭한 가문이다. 그간의 사정과 요즘의 처지를 생각하면 틀림없이 부자 사위를 얻으려 할 것이 아니겠느냐? 우리처럼 가난한 집안의 구혼을 기꺼이 받아들일 리가 없을 것 같구나."

완곡한 말로 설득하는 아버지의 마음을 최척은 능히 이해할 수 있었다. 하지만 이미 옥영의 마음을 확인한 이상 물러나서는 안 될 것 같았다.

최척은 다시 한 번 아버지를 졸랐다.

"일단 가서 말씀이나 한 번 꺼내 보아 주십시오. 일이 되고 안 되고는 하늘의 뜻에 달린 것 아니겠습니까."

이튿날 아들의 간절한 부탁을 차마 저버리지 못한 최숙은 정 생원의 집을 찾아갔다. 정 생원은 오랜만에 찾아온 친구를 반갑게 맞이했다.

"마침 잘 왔네. 척이가 얼마나 영특한지 하나를 가르치면 열을 깨우치는군. 여러 학생들을 가르쳐 보았지만 자네 아들 척이만큼

---

13 더부살이 : 남의 집에 얹혀사는 일

선생 된 보람을 느끼게 하는 제자는 없었다네."

최숙은 정 생원의 칭찬에 무척 기쁘면서도 어떻게 혼담을 꺼내 놓아야 할까 안절부절못하고 있었다.

"다 자네 덕분일세. 공부도 공부지만 이제 철이 들어서 자기 앞 가림을 하려는 걸 보면 아비인 나도 대견할 때가 많다네. 잘 가르쳐 주어 고맙네. 그런데……."

정 생원은 친구의 어색한 표정을 보고 무슨 근심이라도 있는 것인지 걱정이 되었다.

"무엇 말인가? 내게 할 말이 있어 온 것 같은데, 무슨 말이든 어렵게 생각 말고 해 보게. 친구 좋다는 것이 무언가?"

한참을 머뭇거리던 최숙은 마침내 입을 열었다.

"그런데 말일세. 자네 집에 친척 누이가 와서 함께 살고 있다지? 그 누이의 딸이 이제 나이가 차서 시집갈 때가 되었다는 이야기 들었네. 우리 척이와 좋은 짝이 될 수 있지 않을까 해서……. 이참에 자네가 한 번 부인의 의사를 물어보아 주면 안 될까?"

예상치 못한 친구의 말에 정 생원은 바로 대답하지 못하고 골똘히 생각하다가 어렵게 입을 열었다.

"내 외사촌 여동생이 여기 와 있는 게 사실일세. 용모도 아름답고 행실이나 재주도 뛰어난 딸이 하나 있는데, 제 어미와 함께 지내고 있다네. 서울에서 피란 와 떠돌다가 모녀의 사정이 딱하게 된 것을 나 몰라라 할 수 없었지. 자네도 들어서 아는지 모르지만 내 누이는 과부가 된 지 오래라, 좋은 사윗감을 찾아서 집안의 버팀목으로 삼으려는 마음을 먹고 있다네. 그래서 나도 조카 사윗감이 어디 있을까 두루 알아보던 참이었어. 그런데 말이야. 오해하거나 기분 나쁘게 듣지 말아 주게. 자네 아들이 재주가 있어 훌륭한 사윗감으로 손색이 없다는 것을 나는 잘 알고 있네만, 누이가 어떻게 생각할지는 모르겠네. 말 꺼내기가 좀 곤란한 게 내 사촌 누이에게는 제 딸이 좋은 배필14을 만나 금슬15 좋은 부부가 되는 것만이 문제가 아니라네. 부유하고 힘 있는 사위를 얻어 집안의 기운을 다시 일으키고 싶어 한다는 말일세. 아무튼 자네 뜻은 잘 알겠네. 일단 내가 누이와 상의해 본 다음 다시 이야기하기로 하세."

최숙은 낯이 붉어졌다. 집안이 가난한 탓에 아들이 좋은 혼처를 놓치게 될지 모른다고 생각하니 마음이 아프고 괜히 미안해졌다. 상심한 표정의 친구가 돌아서는 것을 보고 정 생원의 마음도 한껏 무겁게 가라앉았다.

최숙은 맥이 빠져서 터덜터덜 집으로 돌아왔다.

"정 생원이 제 누이와 상의해 본다고 했으니 나중에 기별이 올 것이다. 미리부터 너무 큰 기대는 가지지 마라."

아버지가 전하는 말에 최척은 오히려 마음이 더 부풀었다. 밤낮

---

14 배필(配匹) : 부부로서의 짝
15 금슬(琴瑟) : 거문고와 비파가 서로 어울리는 모양처럼 잘 어울리는 부부 사이의 두터운 정과 사랑을 비유적으로 이르는 말

없이 초조해하며 정 생원 댁에서 올 소식만을 기다리는 아들의 모습을 보고 아버지의 마음은 내내 안타깝기만 했다.

정 생원은 누이인 심씨에게 혼담이 들어온 사실을 말했다. 심씨는 반색하며 정 생원에게 물었다.

"그래요? 어떤 사람입니까? 물론 준수한 청년이겠지요. 다른 건 몰라도 우리 옥영이 혼사 문제인데 오라버니가 어련히 잘 알아보셨겠어요."

정 생원은 누이의 표정을 살펴 가며 조심스럽게 말했다.

"내 친구의 자식이요, 내가 가르치는 제자이니 신랑감의 사람됨은 잘 알고 있지. 나무랄 데 없이 총명하고 신의 있는 청년이라네. 그런데 한 가지 흠이 있다면……."

"흠이라니요. 그 청년에게 무슨 흠이 있다고요?"

"사람한테 흠이 있는 것이 아니라, 그 집안이 좀 가난한 것이……."

정 생원의 말이 채 끝나기도 전에 심씨의 낯빛은 금세 어두워졌다.

"오라버니께서 저나 옥영에게 늘 마음을 써 주시니 고맙습니다. 하지만 이번 혼담은 어쩐지 마땅치 않네요. 집안이 풍비박산16 나서 서울 집을 떠나 의탁할 곳 없이 떠돌아다니던 때를 생각하면

---

16 풍비박산(風飛雹散) : 바람에 날려 우박이 흩어진다는 뜻으로, 산산이 부서져 사방으로 날아가거나 흩어짐을 비유적으로 이르는 말

지금 오라버니께서 돌보아 주시는 것만으로도 감사히 여겨야겠지요. 그렇다고는 해도 우리 옥영이만큼은 넉넉한 집에 시집을 보내고 싶어요. 제 한 몸이라도 언제까지 오라버니께 짐이 될 수 있겠습니까? 부자 사위를 얻어 딸 내외를 의지하고 사는 게 가장 좋은 방법이겠지요. 제 욕심이겠지만 가난한 집 자식이라면 아무리 똑똑하다고 해도 딸을 주고 싶지 않네요."

정 생원은 심씨의 계획을 미리부터 알고 있었고, 그 마음을 충분히 헤아리고 있었으므로 그리 놀랍지는 않았다. 하지만 오랜 친구와 사랑하는 제자의 얼굴을 어떻게 봐야 하나 생각하니 몹시 난처한 일이 아닐 수 없었다.

그때 옥영은 방 바깥에서 문틈으로 두 사람의 이야기를 엿듣고 있었다. 어머니의 단호한 거절에 옥영의 마음은 쿵 하고 소리를 내며 바닥으로 떨어지는 것 같았다.

이날 밤 옥영은 어머니 곁으로 가서 무언가 하고 싶은 말이 있는 것처럼 머뭇거리고 있었다. 차마 이야기를 꺼내지 못하고 우물쭈물하고만 있는 딸의 모습에 심씨는 무언가 짚이는 것이 있었다.

"무엇인지는 몰라도 마음에 담고 있는 게 있나 보구나. 혼자 속을 끓이지 말고 어미에게 숨김없이 털어놓아 보아라."

옥영은 얼굴이 발갛게 된 채 한참을 망설이더니 마음을 굳게 먹고 겨우 말했다.

"어머니, 저는 어머니께서 저를 위해 반드시 부잣집 자제를 사윗감으로 구하려 하시는 마음이 충분히 이해되고, 참으로 고맙기도 합니다. 하지만 부잣집 자제가 아니면 안 된다는 고집은 그만 버리셨으면 좋겠어요."

"어미가 자식 시집보내는 데 넉넉한 집안의 자제를 찾는 것이 잘못된 일이냐?"

"만일 부유한 집안의 사내를 골랐는데 어질고[17] 똑똑하기까지 하다면 얼마나 좋겠어요. 하지만 잘사는 집안의 자제이더라도 사람이 똑똑하지 않다면 가업을 유지하기 어려울 것이고, 그 재산을 지키지도 못할 것이 아닙니까. 또 그가 부유하기만 할 뿐 어질지 못하다면 그 집에 곡식이 넘쳐난다고 한들 우리 모녀가 그것을 마음 놓고 먹을 수 있겠어요?"

"네 말에도 일리가 있다. 하지만 부유한 사람이면 누구든 괜찮다는 말은 아니지 않으냐. 사람됨을 먼저 본다고 해도 마찬가지이다. 똑똑하고 어진 사람이 있으면 그것으로 족한 것이 아니라 그 집안이 넉넉한지 알아보아야 할 것이다."

옥영은 어머니의 마음을 돌리고 싶었지만, 쉽지 않겠다는 생각이 들었다. 마음 같아서는 얼른 최척을 선보이고 그가 얼마나 훌륭한 청년인지 어머니께 알려 드리고 싶었다.

---

17 어질다 : (사람이나 그 성품이) 너그럽고 덕행이 높다.

"아저씨 문하에서 공부하는 학생들 중에 최씨 성을 가진 사람이 있습니다. 규중18에 있는 처자로서 부끄러운 일이겠지만, 언젠가부터 그 사람을 마음에 두고 지켜보고 있었습니다. 하루도 빠짐없이 글방에 나와 성의를 다해 배우는 것을 보니 성실하고 믿음직해 보였어요. 결코 경박하거나 방탕한 사람은 아니었습니다. 그러는 동안 제가 그 사람의 짝이 된다면 죽어도 한이 없을 것 같다는 생각마저 들었어요. 그 사람을 사랑하고 있습니다."

심씨는 딸의 고백에 적지 않은 충격을 받았다. 아버지 없이 자란 딸이라 근거 없는 허물을 뒤집어쓸까 걱정하며 행실을 엄격하게 갖추도록 가르쳐 왔던 것이 아닌가. 그런데 옥영의 말을 들어 보면 제가 먼저 모르는 사내에게 관심을 갖고 연모하는 마음을 품은 것이다.

게다가 딸이 말하는 최씨 성 가진 학생이란 방금 전 정 생원이 넌지시 운을 띄웠던 혼담의 주인공이다. 그의 집안이 가난하다는 것은 이미 알고 있는 터였다.

심씨는 일부러 더 정색하며 말했다.

"최생은 안 된다. 너도 이미 알고 있겠구나. 그 사람이 얼마나 가난한지 말이다. 네가 그런 집에 시집을 가서 고생하는 꼴을 보라는 말이냐? 공연히 다른 생각을 품지 말고 좀 더 기다려 보자꾸

---

18 **규중(閨中)** : 집안에서 부녀자가 거처하는 곳. 규내(閨內)

나. 그 사람만큼 어질고 총명하면서도 가난하지 않은 사내가 언제 나타날지 모르는 일이 아니냐?"

옥영도 고집을 꺾지 않았다.

"가난이란 선비에게 늘 있는 것이 아닙니까? 부유하다 해도 어질지 못하거나 의롭지 못한 삶을 저는 바라지 않아요. 떳떳하지 않은 재물도 저는 싫습니다. 아무쪼록 제가 그 집에 시집갈 수 있게 허락해 주세요."

"글방 문틈으로 잠시 본 것을 어떻게 믿을 수 있다는 말이냐? 그 사람에 대해 무엇을 그리 많이 안다고 네가 이렇게 서두르는 것인지 모르겠다. 더구나 너는 규중의 처녀가 아니냐? 제 혼사에 직접 나서도 된다고 누가 가르쳤더냐?"

심씨의 엄한 목소리에도 옥영의 결심은 흐트러지지 않았다.

"제가 직접 나서서 말할 일이 아닌 줄 압니다. 하지만 결혼이란 워낙 중대한 일생의 문제가 아닙니까. 수줍게 삼가는 태도를 지키고 있을 수 없었습니다. 묵묵히 입 다물고 있다가 끝내 용렬한19 사람에게 시집가서 일생을 망치기는 싫었으니까요. 한 번 깨진 시루는 다시 붙일 수 없고, 한번 물들인 실은 다시 하얗게 되돌릴 수 없다지 않습니까? 울어 봐야 소용없고 후회해도 돌이킬 수 없는 일이지요. 더욱이 제 처지는 다른 사람과 달라서 집에는 든든한 아버지가 계시지 않고,

---

19 용렬한(庸劣-) : 변변하지 못하고 좀스러운

왜적의 무리가 지척에 있습니다. 진실하고 믿음직한 사람이 아니라면 어떻게 우리 모녀의 몸을 의지할 수 있겠어요? 그러니 저는 적극적으로 나설 수밖에 없습니다. 직접 나서서 배필 고르는 일을 피하지 않겠어요. 깊은 규방20에 숨어서 남이 중매를 서 주기만 기다리다가 일을 그르치기는 싫어요. 게다가 좋은 상대를 눈으로 본 터에 마냥 바라만 보다가 놓칠 수는 없습니다."

심씨는 옥영의 마음이 이미 굳은 것을 보고 어쩔 도리가 없겠구나 생각했다. 옥영의 말뿐 아니라 오라버니인 정 생원도 최척의 사람됨을 칭찬하니, 훌륭한 신랑감임에는 틀림이 없을 것 같았다. 단지 가난하다는 것이 마음에 걸리긴 했지만 부부가 합심하여 잘 극복하기를 바라는 수밖에 없었다.

심씨는 긴 밤 동안 잠을 이루지 못하다가 이튿날 날이 밝자 정 생원에게 말하였다.

"오라버니, 간밤에 다시 곰곰이 생각해 보았습니다. 최생이 비록 가난하다고 하지만 오라버니 말씀만 들어도 그 사람됨은 참으로 훌륭한 선비라는 것을 알 수 있었습니다. 가난하고 부유하고는 하늘에 달린 것이니, 사람의 힘으로는 어찌할 수 없는 일일 테지요. 됨됨이가 어떤지도 모르는 사람에게 재산만 믿고 시집을 보내

---

20 **규방(閨房)** : 집안에서 부녀자가 거처하는 방

느니 차라리 오라버니가 추천하신 것을 믿고 이 사람을 사위로 맞는 것이 좋겠다고 생각했습니다."

정 생원은 하룻밤 만에 심씨가 어떻게 마음을 돌린 것인지 의아했지만, 속으로 무척 다행스럽게 여겼다.

"누이의 뜻이 그렇다면 내가 나서서 반드시 이 일을 성사시키겠네. 최생은 비록 가난한 선비지만 사람됨이 옥처럼 깨끗하다네. 내가 장담컨대 서울에서 찾는다 해도 이런 사람은 드물 거야. 지금은 가난한 선비에 불과하지만, 그 재주가 출중하니 좋은 때를 만나 뜻을 이룬다면 크게 성공하겠지. 과거에 급제만 한다면 가난에서 벗어나는 것도 시간문제가 아닐까? 아무튼 정말 잘 생각했네."

정 생원은 누이의 방을 나서자마자 수소문하여 매파를 불렀다. 매파는 그날로 최척의 집에 가서 정 생원 댁에서 온 기쁜 소식을 전했다. 최숙은 기대하지 않았던 긍정적인 대답이 돌아온 것에 어리둥절하면서도 이내 뛸 듯이 기뻐했다. 게다가 최척의 기쁨은 더 말할 나위가 없었다. 최숙은 매파와 의논한 끝에 정식으로 혼인할 약속을 하고, 길일21을 골라 9월 보름날로 혼례 날짜까지 정해 두었다.

---

21 길일(吉日) : 복되고 운 좋은 일이 있을 조짐이 있는 날. 주로 결혼식이나 이삿날을 이날로 정하는 경우가 많다.

최척은 날마다 손가락을 꼽으며 9월이 오기를 기다렸다. 옥영 또한 구름 위를 걷는 기분으로 행복한 결혼식을 꿈꾸며 나날을 보냈다.

최척과 옥영이 단꿈에 빠져 혼인 날짜를 기다리고, 두 집안이 예식 준비에 여념이 없을 때 뜻밖의 일이 닥쳐왔다.

남원 사람으로 참봉 벼슬을 지냈던 변사정[22]이 의병을 일으켜 영남 지역으로 왜적과 싸우러 가는데, 최척을 군사로 차출한 것이었다.

최척이 활쏘기와 말 타기에 능하다는 것은 이미 소문이 쫙 퍼졌으므로 모르는 사람이 없었다. 선비 된 도리로 따져 보아도 나라를 구하는 일에 사사로운 핑계를 댈 수는 없는 일이었다. 최척은 꼼짝없이 전쟁터로 향해 갈 수밖에 없었다.

최척은 의병의 군영에서 늘 근심에 빠져 지냈다. 혼례식 날짜가 다가올수록 조급한 마음을 견딜 수가 없었다. 그러다가 결국은 병에 걸리고 말았다. 전투 중에 다치거나 죽는 것이 겁난다기보다 전쟁이 곧 끝날 기미가 전혀 보이지 않는 것이 더 괴로웠다.

마침내 혼인 날짜가 임박하자 최척은 용기를 냈다. 의병장에게 혼례를 치르고 오도록 며칠 휴가를 달라는 요청을 한 것이었다. 하지만 의병장은 최척의 글을 보고 노발대발하며 이렇게 꾸짖었다.

---

22 변사정(邊士貞, 1529-1596) : 임진왜란 때의 의병장. 1592년 임진왜란이 일어나자 전라도 순천에서 의병을 모으고, 직접 의병장이 되어 왜적 이천여 명을 사살하였다고 전해진다.

"이런 얼빠진 놈을 보았나. 지금이 어느 때인데 혼례식을 올리고 오겠다는 것이냐? 임금께서도 난리를 당하고 피란 생활을 하시면서 풀숲에서 주무시는 형편이니라. 하물며 신하 된 자로서 창검을 베고 잠시 눈을 붙일 겨를도 없는 것이 마땅하지 않으냐? 더구나 너는 아직 혼인하기에 이른 나이인데, 무엇이 그렇게 급하다고 전쟁 중에 휴가를 달라는 말이냐? 적을 모두 섬멸한 뒤에 혼례를 올린다 해도 늦지 않을 것이다. 한 번만 더 이따위 말을 꺼내면 바로 그 자리에서 죽음을 면치 못하리라."

그렇게 의병장은 끝내 최척의 간절한 부탁을 들어주지 않았다.

한편, 옥영은 최척이 의병으로 차출되어 갔다는 것을 알고 근심에 싸여 하루하루를 보내고 있었다. 혼례식 날에 이르러서는 혹시 돌아올 수 있지 않을까 간절히 기다려 보았지만, 그 어떤 반가운 소식도 들려오지 않았다. 제대로 먹지도, 잠을 이루지도 못하는 괴로운 나날들만 계속될 뿐이었다.

남원에 양씨 성을 가진 부자가 살고 있었다. 그에게는 아들이 하나 있었는데, 옥영이 어질고 똑똑하다는 소문을 듣고 구혼할 마음을 먹고 있었다. 그러던 중 옥영과 최척의 혼인이 성사되었다는 말을 듣고 매우 상심한 터였다. 그렇게 마음을 돌리려는 찰나 최척이 전쟁터에 나가 돌아오지 않는다는 소식이 들려왔다.

양씨는 이 틈을 타서 옥영과 아들의 혼사를 추진하려고 마음먹었다. 양씨는 몰래 정 생원의 아내에게 뇌물을 보내며 일을 도모해 달라고 졸랐다. 정 생원의 아내는 결국 양씨의 꾐에 넘어가 발벗고 나서기로 했다.

어느 날 정 생원의 아내가 심씨를 찾아가 넌지시 말을 꺼냈다.

"최생의 집안은 가난해서 아침에 저녁 끼니를 걱정해야 할 지경이라고 합니다. 최생의 식구라고는 아버지 한 사람밖에 없는데 그조차도 봉양하기 어려워 늘 남에게 빚을 지고 사니까요. 그런데 무슨 수로 가정을 꾸리고 자기 식솔을 탈 없이 먹여 살리겠습니까?"

심씨는 수심이 가득한 얼굴로 대답했다.

"제가 왜 그걸 모르겠어요. 하지만 옥영이가 저렇게 최생만을 마음에 두고 고집을 피우니 어쩌겠습니까? 이미 성사된 혼인이니 무를 수가 있나요?"

정 생원의 아내는 고개를 끄덕이면서도 다시 채근하기 시작했다.

"그러니 딱한 일이 아닙니까? 더구나 최생은 전쟁터에 나가 돌아온다는 기약이 없으니 살고 죽는 일도 알 수 없는 형편이 아닙니까? 아직 혼례를 치르지도 않았으니 파혼을 하더라도 큰 흠이 되지는 않을 것입니다. 그리고 나서 다른 좋은 자리를 알아보는 것이 나을 듯합니다."

심씨는 자신도 매일 고민하고 있던 터라 귀가 솔깃해지기 시작했다.

"그럴 수만 있다면 오죽 좋겠습니까? 하지만 어디 좋은 자리가 우리를 마냥 기다리고 있어야지요."

정 생원의 아내는 이때다 싶었다. 그래서 얼른 양씨의 이야기를 꺼냈다.

"우리 이웃에 양씨 성을 가진 부자가 살고 있습니다. 재산이 많기로는 소문이 자자할 정도이지요. 집안 살림이 넉넉한 데다 그 아들도 제가 듣기로는 어질고 똑똑하기가 최생보다 못할 것이 없답니다. 이왕에 이렇게 된 일, 최씨 집안과는 파혼하고 양씨의 아들과 혼담을 추진해 보는 것이 어떨까요?"

심씨는 옥영의 얼굴을 떠올리며 즉답을 하지는 못했다. 하지만 이미 마음이 흔들리기 시작한 것은 틀림없었다.

정 생원의 아내는 심씨의 번민을 눈치채고 남편에게도 양씨의 구혼 의사를 전했다. 처음에는 친구와의 의리를 저버릴 수 없다고 펄쩍 뛰었지만, 최척이 돌아오지 않는 날이 길어지자 정 생원의 마음에도 갈등이 생기기 시작했다.

최척의 됨됨이라면 누구보다 잘 알고 있는 터였지만, 앞날을 장담할 수 없는 청년에게 누이와 조카의 앞날을 맡기는 것은 무책임한 일이 아닌가?

얼마 지나지 않아 정 생원은 아내의 설득을 이기지 못하고 심씨의 처소를 찾아가게끔 되었다.

정 생원마저 아내와 합세하여 같은 말을 하니 이미 흔들리고 있던 심씨의 마음을 돌리는 것은 어렵지 않은 일이었다. 게다가 심씨는 처음부터 최척을 적당한 사윗감으로 생각하지 않았던 것이 아닌가?

못 이기는 척 오라버니 내외의 권유를 따르겠다고 고개를 끄덕여 버렸다.

옥영과 양생의 혼담은 쏜살같이 진행되었다. 결국 10월의 어느 길일을 택하여 혼례식 날짜를 정하게 되었다.

뒤늦게 이 소식을 들은 옥영은 하늘이 무너지는 것 같았다. 놀란 마음에 그 길로 어머니 앞으로 달려가 마주 앉았지만, 막상 어머니의 얼굴을 대하자 무슨 말부터 꺼내야 할지 막막했다.

"어머니 긴히 드릴 말씀이 있습니다."

심씨는 짐짓 태연하게 딸을 대했다.

"네가 무슨 얘기를 하고 싶은지는 짐작이 가는구나. 우선 내 말부터 들어라. 너도 들었을지는 모르겠지만, 다음 달에 양생과 혼인하기로 약조하였으니 그리 알고 있어라."

옥영은 목이 메어서 목소리도 제대로 나오지 않았다.

"어머니, 저는 이미 정혼23한 몸입니다. 혼인과 같이 중요한 일을 어떻게 그리 쉽게 없던 일로 돌릴 수 있다는 말씀입니까?"

___

23 정혼(定婚) : 혼인하기로 정함. 주로 남녀 양가의 부모들이 혼인할 당사자들을 위해서 약속하는 일을 말한다.

심씨는 굳은 얼굴로 언성을 높였다.

"그래, 정혼을 하기는 했지. 그러나 받아 놓은 혼례식 날짜에 나타나지도 않은 신랑 아니냐? 그러니 이미 그 정혼은 깨진 것이나 다름없다. 누가 우리더러 약속을 어긴 것이라고 하겠느냐? 그리고 예부터 혼인이란 부모가 주관하고 자식은 그 뜻을 따르는 법이다. 그런데 너는 어찌 어미의 말을 거역하고 제멋대로 무엇이든 결정하려 하느냐? 모두 너를 위해서 하는 일인데, 어련히 잘 알아서 했겠느냐? 너는 아무 말 말고 마음의 준비만 하면 될 것이다."

심씨의 차가운 목소리에 옥영의 얼굴에는 마침내 참았던 눈물이 쏟아지기 시작했다.

"약속한 날짜에 돌아오지 않은 것이 어찌 최생의 탓입니까? 의병으로 나가 의병장의 통제를 받고 있으니 소식이 끊어진 것이 아닙니까? 일부러 혼약을 저버린 게 아니라면, 그의 뜻이 어떤지는 알아보아야지요. 채 며칠 기다려 보지도 않고 약속을 깨 버리면서 우리 탓이 아니라고 할 수 있습니까? 백 번 다시 생각해도 의롭지 못한 일입니다. 만일 어머니께서 끝내 제 뜻을 꺾으려 하신다면 차라리 죽을지언정 다른 곳에 시집가지는 않으렵니다. 왜 이리 제 마음을 몰라주시나요."

옥영의 눈물을 보고 심씨는 다시 마음이 흔들리지 않도록 오히려 더욱 냉정하게 말했다.

"넌 왜 이리 어리석게 고집을 부려 어미를 힘들게 하느냐? 다시는 이 혼사에 대해 이러쿵저러쿵 토를 달지 마라. 다른 사람들이 들으면 아비 없이 자라 버릇이 없다는 소리밖에 더 듣겠느냐? 잠자코 어른의 처분에 따를 일이지, 네가 뭘 안다고 스스로 나서고 그러느냐는 말이다."

발밑이 꺼진 듯한 표정으로 꿇어앉아 있는 딸의 처진 어깨에 심씨의 마음은 마냥 착잡했다. 숨을 고르고 아무 일 없는 듯 잠자리에 들었지만 도무지 잠을 이룰 수가 없었다.

'그래도 어쩔 수 없지. 최씨 집안에게는 언짢은 일이겠지만 옥영이의 미래를 위해서 한 결정이니…… 옥영이도 시집가서 잘 살다 보면 지난 일은 다 잊을 수 있을 거야.'

돌아누워 있는 딸을 바라보며 그렇게 스스로를 위로하다가 깜빡 선잠에 빠져들었다.

한밤중이었다. 심씨는 꿈결에 어디선가 헐떡헐떡 숨넘어가는 소리가 들려오는 것을 느꼈다. 불길한 예감에 잠을 깨어 딸이 자던 자리를 더듬어 보니 사람은 없고 이불만 만져지는 것이 아닌가? 깜짝 놀란 심씨는 화들짝 자리를 털고 일어났다.

헐떡거리는 숨소리는 바깥에서 나고 있었다. 깜짝 놀라 그곳으로 가 보니 옥영은 창문 아래 수건으로 목을 맨 채 늘어져 있었다. 얼른 끌어내려 놓았지만 이미 손발은 싸늘하게 식었고, 목구멍에서 숨넘어가는 소리마저 차츰 희미해지고 있었다. 이윽고 실낱같이 이어지던 숨이 끊어지고 말았다.

지키지 못한 약속

너무나 짧았던 행복

심씨는 놀라 울부짖었다.

"옥영아, 이게 웬일이냐? 이 어미가 잘못했다. 네가 하자
는 대로 할 테니 어서 눈을 떠 보아라. 춘생아, 춘생아 어디 있느냐?"

주인의 다급한 부름에 잠에서 깬 춘생이 버선발로 달려왔다.

"춘생아, 어서 등불을 가져와 켜라. 아니 물부터 얼른 가져오너라."

심씨는 옥영을 부둥켜안고 통곡하며 춘생이 가져온 물을 국자
로 떠서 조금씩 옥영의 입에 흘려 넣었다.

"옥영아, 제발 부탁이다. 살아만 다오. 네 마음이 이렇게 굳은
줄을 모르고 일을 벌여서 금쪽같은 내 새끼를 죽이게 되었구나.
아이고, 옥영아."

얼떨결에 잠을 깬 춘생은 느닷없는 참혹한 광경에 곁에서 와들와들 떨면
서 있고, 큰 소리에 놀란 정 생원 식구들도 서둘러 달려왔다.

모두가 안타까워하며 지켜보고 있는 가운데 심씨가 흘려 넣은 물
이 목구멍을 적시자 얼마 뒤 옥영은 겨우 작은 숨을 쉬기 시작했다.

집 안이 발칵 뒤집힌 그날, 옥영은 정신을 차리고 나서도 슬피

울기를 그치지 않았다. 너나없이 달려온 온 집안 식구들은 옥영의 몸과 마음을 보살피기에 여념이 없었고, 이후로는 아무도 양씨 집안의 이야기를 감히 꺼내지 않았다.

얼마 후 최척의 집에서도 옥영의 소식을 들어 알게 되었다. 최숙은 전장에 있는 아들에게 편지를 보내어 그간의 사정을 자세히 알렸다. 최척은 그렇지 않아도 옥영에 대한 그리움으로 병이 깊어 가던 중에 뜻밖의 소식을 듣게 되니 절망감이 더욱 심해졌다.

최척과 옥영의 사연을 상세하게 보고받은 의병장 또한 매우 안타까워했다. 젊은 남녀가 서로 떨어져 있는 것도, 겪지 않아도 될 괴로움에 거의 죽게까지 되어 버린 것도 따지고 보면 다 왜적이 일으킨 전쟁 때문이었다.

의병장은 고민 끝에 최척을 고향으로 돌려보내기로 결심했다. 사실 병에 걸려 침상에만 누워 있는 최척이 크게 도움이 될 일도 없을 것 같았다.

집으로 돌아온 최척은 며칠 동안 몸을 조리한 끝에 병을 털고 일어났다. 그리고 드디어 11월 초하룻날 정 생원의 집에서 혼례식을 올릴 수 있었다. 아름다운 두 사람이 숱한 우여곡절 끝에 마침내 하나가 되니 그 기쁨은 이루 말할 수 없었다. 두 사람을 바라보는 심씨와 정 생원 부부도 미안함과 안도감, 기쁨이 섞인 벅찬 감정을 느꼈다.

최척이 아내와 함께 심씨를 모시고 집으로 돌아오자 모두 문밖으로 달려 나와 반겼다. 집안의 하인들도 제 일처럼 기뻐했고, 대청마루에 오르니 기다리던 친척들도 아낌없이 축하 인사를 건넸다. 기쁨이 온 집에 가득하고 두 사람을 칭찬하는 소리가 온 마을에 흘러넘칠 정도였다.

가난한 집안의 며느리가 된 옥영은 혼례식의 들뜬 기분이 채 가라앉기도 전에 일을 찾아 나서기 시작했다. 옷섶을 여미고 베틀 앞에 앉아 옷감을 짰고, 물 긷는 일이나 절구 찧는 일도 스스로 했다. 지극한 효성으로 시아버지를 섬기고 정성스럽게 남편의 일을 챙겼다. 웃어른을 모시는 일에도, 아랫사람을 부리는 일에도 따뜻한 마음과 바른 예의를 두루 갖추었다.

옥영의 정성스러운 마음씨와 행동은 금세 이웃에 전해졌다. 사람들은 모두들 양홍의 아내 맹광이나 포선의 아내 환소군[24]이라도 옥영보다 나을 수는 없으리라고 한목소리로 칭찬했다.

최척은 옥영과 결혼한 이후 하는 일마다 뜻대로 잘 되어서 집안 살림도 점차 풍족해졌다. 금슬 좋은 두 사람에게 오직 한 가지 걱정이 있다면 자식 낳는 일이 더딘 점이었다. 최척 부부는 매달 초

---

24 맹광(孟光)은 후한(後漢) 때의 가난한 선비 양홍(梁鴻)의 아내였고, 환소군(桓小君)은 전한(前漢) 때의 가난한 선비 포선(鮑宣)의 아내였다. 맹광과 환소군 모두 부잣집 딸로 태어났으나 시집온 뒤 검소한 생활로 남편을 잘 받들었으며, 부부간에 서로 존경하고 금슬이 좋았다고 전한다.

하루가 되면 몸과 마음을 깨끗하게 하고 만복사에 가서 부처님께 간절한 기도를 올렸다.

갑오년(1594년) 정월 초하루에도 어김없이 두 사람은 만복사에 가서 대를 이을 아들을 점지해 주십사 불공을 드렸다.

그날 밤 옥영은 꿈을 꾸었는데, 부처님이 나타나 말했다.

"나는 만복사의 부처니라. 너희의 정성이 갸륵하여 훌륭한 사내아이를 점지해 주려 한다. 아이가 태어나면 반드시 특이한 징표가 있을 것이다."

과연 옥영에게 태기가 있었다. 그 달에 임신하여 열 달을 채운 후에 아들을 낳았는데, 살펴보니 정말 꿈속 부처님의 말처럼 등에 아기 손바닥만 한 붉은 점이 있었다. 최척은 부처님 꿈을 꾸고 낳은 아이라는 뜻으로 아들의 이름을 '몽석(夢釋)'이라고 지었다.

최척은 평소에 퉁소 불기를 즐겼다. 그래서 달이 밝은 밤이나 꽃이 화사하게 피어난 아침이면 곧잘 피리를 불곤 했다. 달과 꽃을 마주하여 부는 그 퉁소 소리를 듣는 것은 옥영에게도 즐거운 일이었다.

늦은 봄, 구름 한 점 없는 맑은 밤이었다.

하얀 달빛 아래 청량한 산들바람이 불고, 흩날리며 옷자락을 때리는 꽃잎의 향기가 은은하게 코끝을 스쳤다. 최척은 항아리에서 술을 떠다 잔 가득 따라 마시고 봄날의 흥취를 즐기고 있었다. 술상 앞에는 사랑하는 아내 옥영이 다정한 낯빛으로 함께하고 있었다.

술상에 기대앉아 있던 최척은 소매에서 퉁소를 꺼내어 두어 곡조를 연주했다. 심금을 울리는 퉁소 소리가 맑은 밤하늘로 은은히 퍼져 나가고, 최척이 퉁소에서 입을 뗀 후에도 그 여운이 길게 이어지는 듯했다.

옥영은 한참을 묵묵히 앉았다가 정적을 깨고 말했다.

"저는 본래 아녀자가 시 읊는 걸 좋게 여기지 않았습니다. 하지만 이처럼 맑은 정경 속에서 아름다운 소리에 취하니 넘쳐 오르는 시심을 어쩔 수 없군요."

그리고 즉석에서 시 한 수를 지어 읊었다.

> 왕자진[25]이 퉁소를 부니 달도 내려와 들으려 하고
> 바다처럼 푸른 하늘엔 이슬이 서늘하네.
> 푸른 난새[26] 함께 타고 날아가려니
> 안개와 노을이 자욱하여 봉도[27] 가는 길 찾을 수 없네.

---

25 왕자진(王子晉) : 주나라의 태자인 진(晉)을 말함. 그는 피리를 잘 불고 봉황 소리를 내는 것을 좋아하였으며, 죽은 후에는 신선이 되어 학을 타고 날아다녔다고 한다.
26 난새(鸞-) : 봉황과 비슷하다는 상상의 새
27 봉도(蓬島) : 신선이 산다는 섬

최척은 속으로 무척 감탄했다. 자신의 아내에게 이렇게 뛰어난 재주가 있는지 미처 알지 못했던 것이다. 두 번 세 번 다시 읊조려 볼수록 마음에 드는 시였다. 그래서 자신도 시를 한 수 지어 읊으며 화답했다.

> 아스라한 요대에 새벽 구름 붉은데
> 난새 날리던 퉁소 곡조는 아직 끝나지 않았네.
> 여운은 공중에 가득하고 산 위로 달 떨어지는데
> 뜨락의 꽃 그림자는 향기로운 바람에 흔들리네.

최척의 읊조리는 시를 끝까지 듣고 옥영의 얼굴은 환해졌다. 하지만 곧 눈물을 흘리며 남편의 손을 부여잡았다. 어째서 흥이 다하면 슬픔이 밀려오게 되는 것인지 알 수 없었다. 옥영은 서글픈 목소리로 최척에게 말했다.

"사람들이 사는 세상에는 별일이 다 많지요. 좋은 일이 있는가 싶으면 꼭 탈이 나기도 하고요. 일생 동안 만나고 헤어지는 일을 몇 번이나 당하는지도 알 수 없어요. 그러니 때때로 서글픈 감상에 빠질 수밖에 없나 봐요. 지금은 말할 수 없이 행복하지만, 그것이 오히려 근심스러우니 참으로 모를 일입니다."

최척은 소매로 옥영의 눈물을 닦아 주며 위로했다.

"움츠러들었다가 활짝 펴지기도 하고, 가득 채워졌다가도 텅 비는 것이 하늘의 이치입니다. 좋은 일이 있는가 하면 흉한 일도 있고, 재앙과 근심이 뜻밖에 따라다니니 후회하고 한탄하는 것도 사람이 살다 보면 당연히 겪는 일이겠지요. 만약 불행한 일이 닥쳐오면 그것이 운수인가 보다 하고 편안한 마음을 가져야지, 공연히 슬픔에 빠져서야 되겠소? 일부러라도 좋은 일만 말하고 흉한 일은 입에 올리지 않는 것이 험한 세상을 살아 내는 지혜일 것이오. 그러니 부질없는 고민으로 지금의 즐거움을 해치지 않도록 하는 것이 좋겠습니다."

이후로 최척과 옥영의 사랑은 더욱 두터워졌다. 두 사람은 서로를 지음28으로 여기며 단 하루도 떨어지는 법이 없었다.

정유년(1597년) 8월이 되었다. 다시 조선을 침략해 온 왜적이 남원을 함락시켰다.29 남원 사람들은 난리를 피해 모두 달아났다. 최척의 가족들 역시 지리산의 연곡30이라는 골짜기로 피란을 갔다.

최척은 옥영에게 남자 옷을 입도록 했다. 피란길의 어수선한 무

---

28 **지음(知音)** : 자기를 알아주는 참다운 벗을 비유하여 이르는 말이다. 백아(伯牙)가 자기의 거문고 연주를 잘 이해하고 감상하던 종자기(鍾子期)가 죽자 이제 더 이상 자기를 알아주는 사람이 없다며 거문고 줄을 끊었다는 고사에서 유래한 말이다.
29 1597년에 다시 발발한 정유재란을 가리킨다.
30 **연곡(燕谷)** : 전남 구례군 토지면에 있는 지명으로, 지금의 연곡사(燕谷寺) 일대이다.

리 중에 뒤섞이고 보니 아무도 옥영이 여자라는 사실을 눈치챌 수 없었다.

깊은 산속으로 들어간 지 며칠이 지나자 가지고 간 양식이 떨어졌다. 가족들이 모두 굶주리게 되니 최척은 가만히 있을 수 없었다. 함께 피란을 온 사람들 중에서 장정 서너 명을 모아 식량을 구해 오기로 했다. 어차피 위험을 무릅쓰고 산 아래로 향하는 만큼 싸움의 형세가 어떤지도 살펴보아야 할 일이었다.

최척이 양식을 구하러 산에서 내려가던 도중 구례 부근에 이르렀을 때였다. 멀지 않은 곳에 왜적이 있음을 보고 일행은 황급히 바위 덤불에 몸을 숨겼다. 왜적의 긴 행렬이 다 지나가기까지 숨도 제대로 쉬지 못하고 납작 엎드려 있던 이들은 천만다행으로 들키지 않았고, 죽을 위기를 넘길 수 있었다.

그런데 이날 왜적의 행렬이 향한 곳은 다름 아닌 연곡이었다. 왜적 떼는 연곡으로 쳐들어가 온 산골짜기를 누비며 거침없이 노략질을 했다. 피란민들은 가지고 있던 모든 것을 빼앗겼고, 심지어는 목숨까지 다 내어놓아야 했다.

최척은 다행히 왜적의 눈을 피해 목숨을 건졌지만, 산 아래 고을로도 갈 수 없고 왜적이 날뛰는 산속으로 돌아갈 수도 없어 그저 발만 동동 굴러야 했다.

사흘 뒤에야 왜적들은 연곡을 떠났다. 초조하게 왜적들이 물러

가기를 기다리던 최척 일행은 그제야 가족이 있던 골짜기로 들어 갈 수 있었다. 하지만 연곡 초입에 들어서자마자 사람들은 비참한 광경에 그만 넋을 잃고 말았다. 시체가 겹쳐져 길 여기저기에 널 브러져 있고 흘러내린 피는 개울을 이루었다. 그곳에서 가족을 찾 는다는 것은 어림도 없어 보였다.

최척은 얼빠진 사람처럼 시체들 사이를 헤집고 다녔다. 그러나 어디에서도 가족들의 모습은 찾을 수 없었다. 그때 멀리 숲속에서 들릴락 말락 흐느끼는 소리가 들리는 것 같았다. 최척은 그곳으로 정신없이 달려갔다.

시체 사이에서 온몸에 상처를 입은 노인 몇 사람이 신음하고 있 었다. 노인들은 최척을 보자 다시 통곡하면서 말했다.

"왜적이 산으로 쳐들어와 사흘 동안 모든 재물을 빼앗고 사람들 을 보이는 대로 베어 죽였다네. 젊은이들은 모조리 끌고 가 버렸 지."

최척은 노인들에게 다급하게 물었다.

"젊은이들을 어디로 데리고 갔답니까?"

노인 중 한 사람이 손짓을 하며 대답했다.

"왜놈들이 어제 섬진강 쪽으로 가는 것 같았네. 만약 살아남은 가족을 찾는다면 강가로 가 보시게. 그곳에서 사람을 만나지는 못 하더라도 혹시 소식이나마 들을 수 있을지 모르니."

최척은 하늘을 우러러 울부짖으며 정신없이 섬진강을 향해 달렸다. 섬진강으로 향하는 길 위에도 여기저기 시체들이 쌓여 있고 피비린내가 진동했다. 그렇게 몇 리쯤 지났을 때 어지러이 쌓인 시체 더미 속에서 실낱같은 신음 소리가 들려왔다. 가까이 다가가 보니 온 얼굴이 피범벅이 되어 형체를 알아보기도 힘든 사람이 쓰러져 있었다.

신음 소리가 끊겼다가 이어졌다가 하니, 그 사람이 죽었는지 살았는지도 분간하기 어려울 지경이었다. 최척은 발길을 재촉하려고 애써 외면하려다가 문득 다시 돌아서서 그 사람을 자세히 살펴보았다.

"너 춘생이 아니냐?"

최척의 목소리에 축 늘어져 있던 춘생은 힘겹게 고개를 돌리며 눈을 부릅떴다. 분명 최척을 알아보는 모양이었다.

춘생은 겨우겨우 희미한 목소리로 중얼거렸다.

"주인님, 이를 어쩌면 좋아요. 식구들 모두 왜적에게 잡혀서 끌려갔답니다. 저는 몽석 아기씨를 등에 업고 도망하는데, 빨리 달릴 수가 없어 뒤쫓아 온 적병의 칼을 맞았어요. 그렇게 쓰러졌다가 반나절 만에 겨우 정신이 들었지만, 등에 업고 있던 몽석 아기씨는 그새 없어져 버렸습니다."

춘생은 말을 마치고 기운이 다했는지 이내 숨이 끊어지고 말았다.

최척은 주먹으로 가슴을 치고 발을 구르더니 억울함과 슬픔에

너무나 짧았던 행복

복받쳐 그만 정신을 잃고 쓰러졌다.

한참 만에 깨어나 정신은 들었으나 주위를 돌아보니 악몽 속과도 같았다. 그래도 혹시 가족들의 생사나 알 수 있을까, 무거운 몸을 추슬러 섬진강 쪽으로 갔다. 강가에는 상처투성이인 노인과 어린아이 수십 명이 모여 앉아 처량하게 울고 있었다.

최척은 그들에게 다가갔다.

"이게 어찌 된 일이란 말입니까?"

그들 중 한 사람이 서럽게 대답했다.

"우리는 산속에 숨어 있다가 왜적에게 잡혀 여기까지 끌려왔소. 왜적들은 닥치는 대로 사람들을 끌고 와서는 그 중 젊은 사람들만 배에 태우고 우리 같은 늙은이들과 어린아이들은 이렇게 버려두었다오. 가족들이 생이별을 하게 되었으니 서로 떨어지지 않으려고 하다가 칼에 찔리기도 하고 상처가 깊어 죽기도 했지요."

최척은 그 정경이 눈앞에 선히 보이는 것 같았다. 어린아이들을 놓치지 않으려고 애쓰는 부모와 굳이 떨어뜨려 장정들만 끌고 가려는 왜적들의 싸움은 그 결말이 뻔한 것이었다.

왜적의 칼과 창에 상처를 입고 쓰러진 수많은 사람들을 바라보며 최척은 자신의 가족도 이들과 다름없는 최후를 맞았거니 생각하고 살아갈 뜻을 잃고 말았다.

혼자 남아 살아간들 무슨 의미가 있을 것인가. 최척은 몹시 서럽게 울다가 스스로 목숨을 끊으려 했다. 마침 곁에 있던 사람들이 달려들어 말리는 바람에 목숨을 잃지는 않았다.

"이 난리 통에 기막힌 일을 당한 사람이 어디 당신 한 사람뿐인가? 그럴수록 살 생각을 해야지."

최척은 죽기를 단념하고 혹시나 하는 마음으로 가족을 찾아 강둑을 사흘 밤낮이나 헤매 다녔지만 모두 허사였다.

뿔뿔이 흩어진 가족

최척은 실성한 사람처럼 홀로 터벅터벅 강가를 걸었다. 하지만 막상 갈 곳이 없었다. 그래도 발걸음은 무엇에 이끌린 듯이 고향으로 향했다. 사흘 밤낮을 쉬지 않고 걸었더니 마침내 집에 도착할 수 있었다.

담장은 반 넘어 무너졌고, 마당에는 깨진 기왓장이 이리저리 굴러다녔다. 아직도 타다 남은 불씨가 살아 있었고, 길가에는 곳곳에 시체들이 쌓여 발을 디디기 힘들 지경이었다.

최척은 갈 곳 없이 방황하다가 금석교31 옆에 주저앉아 쉬고 있었다. 며칠을 먹지도 못한 채 정신없이 왔다 갔다 하다 보니 힘이 빠져 일어설 수조차 없는 지경이었다.

그때 마침 최척의 눈에 낯선 군사들이 띄었다. 그들은 명나라 군복을 입고 있었다. 명나라의 장수가 기병32 십여 명을 이끌고 남

---

31 금석교(金石橋) : 남원의 서남쪽에 있던 다리

원성에서 나와 금석교 아래에서 말을 씻기고 있는 것이었다.

최척은 잠깐이나마 의병으로 출전해 있을 때 명나라 군대와 친밀하게 교류한 경험이 있었다. 그래서 서투르지만 중국말을 할 줄 알았다.

최척은 명나라 장수 쪽으로 발걸음을 옮겼다. 낯선 조선인을 어떻게 생각할지 걱정할 여유도 없었다. 최척은 그 장수에게 자기 가족이 왜적에 의해 모두 다 죽게 된 사연을 설명하고, 의지할 데 없는 자신의 신세를 하소연했다.

명나라 장수는 측은한 표정을 지으며 최척의 말에 귀를 기울였다.

"나리, 저를 데리고 가 주시면 안 될까요? 차라리 군대를 따라다니며 목숨을 부지하고 있다가 전쟁이 끝나면 중국까지 따라 들어가 은둔하고 싶은 심정입니다."

장수는 최척을 딱하게 여겨 그 뜻을 받아들였다.

"나는 오 총병33의 천총34 여유문(余有文)이라고 하오. 고향은 절강성 요흥입니다. 가난하지만 먹고살 만은 하지요. 사람이 살아가는 데 있어 중요한 것이 많겠지만, 그 중 마음을 알아주는 사람을

---

32 기병(騎兵) : 말을 타고 싸우는 병사
33 총병(總兵) : 명나라의 고위직 무관. 전시에 동원되는 비상설 관직으로 변경 방어를 담당하여 전체 군사를 총괄했다.
34 천총(千摠) : 명나라의 하급 무관직으로 천 명의 부하를 거느리며 군영을 관장하는 직책

뿔뿔이 흩어진 가족

만나는 것이 가장 으뜸이지요. 먼 곳이든 가까운 곳이든 마음 맞는 사람이 있는 곳에 가서 놀고, 거기 머물면 그만이지, 구석진 땅에서 옹색하게 웅크리고 살 이유가 있겠소? 나와 함께 중국으로 가고 싶다고요? 까짓것 그렇게 합시다. 내 어찌 소심하게 당신의 뜻을 받아들이지 못하겠소?"

여유문의 말에는 거침이 없었다. 최척의 말과 행동에서 진실하고 어진 성품을 엿볼 수 있었기 때문이다. 최척은 말 한 필을 얻어서 타고, 여유문의 일행과 함께 명나라 군대의 진영으로 들어가게 되었다.

최척은 용모가 빼어나고 생각이 주도면밀하여 금세 여유문의 신임을 얻었다. 뿐만 아니라 여유문이 가까운 곳에서 최척을 눈여겨보니 말 타기와 활쏘기에 능한 데다 글 솜씨도 매우 뛰어났다. 여유문은 최척을 갈수록 아끼게 되어 얼마 안 가 한 상에서 밥을 먹고 같은 침소에서 잠을 잘 정도가 되었다.

얼마 뒤 총병의 군대가 명나라로 돌아가게 되었다. 여유문은 최척을 전사한 병사 한 사람의 이름으로 명단에 포함시켜 국경을 통과할 수 있도록 도와주었다. 여유문과 최척은 총병의 휘하를 떠나 요흥으로 가서 함께 살았다.

최척은 가족이 몰살된 것으로 믿고 중국 땅에까지 흘러들어 갔지만, 왜적에게 붙잡혔던 부친 최숙과 장모 심씨는 천만다행으로 목숨을 건졌다. 왜적은 두 사람이 늙고 병든 것을 알고 감시를 소홀히 했던 것이다.

다른 피란민들과 함께 섬진강 기슭에 끌려가 있던 두 사람은 왜적의 눈을 피해 인근의 갈대숲으로 도망가 몸을 숨겼던 것이다.

이윽고 왜적의 배가 조선 장정들을 싣고 떠난 뒤에 주위가 조용해지자 최숙과 심씨는 인근의 마을을 돌아다니며 구걸을 하여 연명했다.

그러던 어느 날 그들은 연곡사35에 이르렀다. 그런데 승방36에서 아기 우는 소리가 들리는 게 아닌가?

예사롭지 않은 그 소리를 듣고 심씨가 울며 최숙에게 말했다.

"아니, 웬 아기가 절에서 울고 있는 걸까요? 그런데 가만히 들을수록 꼭 우리 몽석이 울음소리를 닮지 않았습니까?"

최숙도 아기의 울음소리를 듣고 어쩐지 마음이 이끌리고 있었던 터라 심씨의 말에 맞장구를 쳤다.

"사부인 말씀이 옳습니다. 우리 손자 울음소리와 똑같군요. 한번 가서 확인해 보아야 하겠습니다."

최숙은 염치 불고하고 아기 울음소리가 나는 승방의 문을 열어젖혔다. 방 안을 들여다보니 과연 눈물 콧물이 범벅되어 울다 지

---

35 **연곡사(燕谷寺)** : 전남 구례군 토지면 내동리 지리산에 있는 절의 이름
36 **승방(僧房)** : 승려들이 거처하는 방

친 몽석이 거기 있었다.

최숙은 얼른 방 안으로 들어가 우는 아이를 품에 안았다. 심씨도 뒤따라 들어와 울며 몽석을 달래기에 여념이 없었다.

연곡사의 승려들이 모여들어 이들의 정경을 바라보았다. 무슨 사연인지 궁금했지만 차마 물을 생각도 하지 못했다. 며칠 전의 난리를 떠올려 보면 사실 물어보지 않아도 충분히 짐작할 수 있는 일이었다.

이윽고 최숙은 우는 아기를 품에 안고 승려들에게 물었다.

"이 아기는 죽은 줄로만 알았던 내 손자입니다. 어떻게 여기까지 오게 된 것입니까?"

혜정이라는 법명37을 가진 승려가 대답했다.

"제가 이 부근 길가의 시체 더미 속에서 아기 울음소리를 들었습니다. 가까이 가서 보니 이 아기가 있더군요. 그 모습이 하도 애처로워서 절로 데리고 온 것이지요. 혹시 아기의 부모가 살아 있으면 찾아오지 않을까 하고 기다리던 중입니다. 그런데 지금 과연 혈육을 찾았으니 이것이 어떻게 사람의 힘으로 할 수 있는 일이겠습니까? 모두가 하늘의 뜻이지요."

최숙과 심씨는 손자를 찾은 기쁨에 벅차 한참을 더 울었다. 그리고 거듭 절의 승려들에게 고개를 조아리며 사례하였다.

---

37 **법명(法名)** : 승려가 되는 사람에게 종문에서 지어 주는 이름

두 사람은 몽석을 번갈아 업으며 집으로 돌아왔다. 변변찮은 살림마저 모두 깨지고 불탔지만, 몽석을 위해서라도 굳은 결심을 하고 살아가야 했다. 함께 피란을 갔다가 다행히 목숨을 건진 하인들도 하나둘씩 집으로 돌아왔다.

최숙과 심씨는 그들과 함께 서로 의지하면서 집안 살림을 꾸려 나갔다.

한편, 옥영은 왜적에게 붙잡혀 있었다. 옥영을 붙잡은 돈우라는 이름의 늙은 병사는 본디 인자한 성품을 지녔으며, 살생을 꺼리는 불교 신자였다. 뱃사람이요, 장사꾼이었던 그는 항해에 능숙하였으므로 왜군의 장수 소서행장[38]이 그를 선장으로 발탁했던 것이다.

돈우는 영특하고 민첩한 옥영이 마음에 들었다. 그래서 옥영을 달래기 위해 좋은 옷을 입혀 보기도 하고 맛있는 음식을 먹여 보기도 했다. 만약 안심하고 달아나지만 않는다면 곁에 두고 친구처럼, 식구처럼 지내려 했던 것이다.

하지만 옥영은 스스로 목숨을 끊으려고 몇 번이나 배에서 몰래 빠져나와 바다로 뛰어들었다. 번번이 들켜서 뜻을 이루지 못하면서도 자살 시도를 반복하는 옥영을 보고 돈우는 안타까워했다. 해

---

38 소서행장(小西行長) : 고니시 유키나가. 일본 상인(商人) 출신의 무장(武將) 겸 정치가로 임진왜란 당시 일본군 장수였으며, 도요토미 히데요시가 아끼던 장수였다.

뿔뿔이 흩어진 가족

치기는커녕 성심을 다해 보살펴 주는데 마음을 몰라주는 것이 원망스럽기도 했다. 그러면서도 돈우는 옥영이 여자라는 사실만은 전혀 눈치채지 못했다.

피란을 떠나기 전에 최척이 옥영에게 남자 옷을 입혔고, 이후 왜적에게 붙잡힐 때까지 계속 사내로 행세했기 때문이었다.

그러던 어느 날 밤 옥영은 꿈을 꾸었다. 몽석을 점지해 준 부처가 다시 나타나 옥영에게 자비로운 목소리로 말했다.

"나는 만복사의 부처니라. 몸을 삼가 죽지 않도록 하라. 그러면 후에 반드시 기쁜 일이 있을 것이다."

옥영은 꿈에서 깨어 곰곰이 생각해 보았다. 우선 살고 보면 언제 좋은 일이 생길지 모르는 일이었다. 가족을 다시 만날 수 있으리라는 희망 또한 목숨을 부지하고 있어야 이루어질 것이 아닌가.

옥영은 그날부터 억지로라도 음식을 먹으며 이를 악물고 살아남으려 노력했다. 혹시 마음이 흐트러지는 때면 꿈속의 부처님을 생각했다. 달라진 옥영의 모습을 본 돈우는 그제야 한시름 놓을 수 있었다.

돈우의 집은 나고야에 있었다. 집에는 늙은 아내와 어린 딸이 있을 뿐 남자 식구라고는 돈우뿐이었다. 그래서 옥영을 데리고 한 집에서 살되 아내와 딸이 거처하는 안방 쪽으로는 출입하지 못하게 했다.

옥영은 바깥출입을 하지 않고 집 안에만 박혀 지냈다.

돈우는 배를 타고 장사하러 나서는 길에 한층 심신이 안정된 옥영을 데리고 가려 했다. 옥영은 돈우에게 부탁의 말을 했다.

"저는 태어날 때부터 체격이 왜소하고 병이 많은 약골입니다. 조선에 있을 때에도 장정들이 하는 일은 엄두도 내지 못했습니다. 그래서 여인네들처럼 밥 짓는 것이나 바느질을 배워 집안일을 도왔지요. 여기서도 그런 일을 시켜 주시면 감사히 생각하고 열심히 하겠습니다."

이 말을 들은 돈우는 옥영을 더욱 가련하게 여기게 되었다. 돈우는 옥영에게 '사우'라는 일본식 이름을 붙여 주고, 배를 타고 장사하러 나갈 때마다 험한 일 대신 밥 짓는 일이나 물품 등을 간수하고 감독하는 일을 맡겼다. 두 사람은 아버지와 아들처럼 서로 의지하며 일본과 중국의 동남 지역을 함께 돌아다녔다.

명나라로 건너간 최척은 요흥 땅에 머물며 여유문과 의형제를 맺었다. 여유문은 함께 지내는 동안 최척에 대한 신임이 더 두터워졌다. 여유문에게는 누이동생이 하나 있었는데, 어느 날 최척에게 자신의 누이동생과 결혼할 것을 권해 보았다.

최척은 펄쩍 뛰며 사양했다.

"저를 그토록 생각해 주시는 것은 감사할 따름입니다. 하지만 형님도 잘 아시다시피 제 처지가 다시 장가를 가고 말고 할 여유를 가지기 어렵습니다. 제 일가족이 왜적의 침탈을 받아 살았는지 죽었는지 알지도 못하는 형편입니다. 늙으신 아버님과 장모님, 허약한 아내가 어찌 되었는지 몰라 제사도 지내지 못하고 있지 않습니까? 게다가 어린아이까지⋯⋯. 이런 처지에 저만 혼자 혼인하여 편안히 잘 살 궁리를 할 수 있겠습니까?"

여유문은 최척의 마음을 충분히 이해할 수 있었다. 그리고 다시한 번 최척의 의로운 말과 행동에 감탄했다. 그래서 다시는 혼인하기를 권유하지 않았다.

최척에게 다시 슬픈 이별의 순간이 다가왔다. 그해 겨울, 여유문이 갑자기 병으로 세상을 떠난 것이다. 최척은 그러지 않아도 낯선 나라에서 의탁할 곳조차 없게 되었다.

'기왕에 이렇게 된 것 이 넓디넓은 중국 땅의 명승지를 두루 돌아보아야겠다.'

조촐한 짐을 꾸려 길을 떠난 최척은 발길 닿는 대로 양자강과 회수39부터 찾아 구경했다. 용문40을 보고 우혈41에도 들렀다. 이름난 곳이면 어디든 멀고 가까운 것을 따지지 않고 떠돌다 보니 원수와 상수42에도 가 보았고, 배를 타고 동정호43를 건너 악양

---

39 회수(淮水) : 중국 허난성, 안후이성, 장쑤성 등 3개의 성을 통과하는 강
40 용문(龍門) : 중국 산서성 황하의 상류로, 폭포가 장관이다.
41 우혈(禹穴) : 중국 절강성 소흥현의 회계산에 있다는 우 임금의 무덤
42 원수(沅水)와 상수(湘水) : 동정호로 흘러들어 가는 강 이름

루44와 고소대45에도 올라 보았다.

산에서, 강가에서 생각나는 노래를 흥얼거리기도 하고, 구름 속을 거닐어 보기도 했다. 그러다 보니 문득 세상살이에 뜻이 없어졌다.

'이 넓은 세상에 나 혼자뿐이로구나. 내가 살고 죽는 것을 누구 하나 신경 쓸 사람이 없다. 외로이 떠돌다가 언제, 어디서 죽은들 남을 아쉬움이 있겠는가? 먹고사는 일을 근심하며 살기보다는 속세를 버리고 떠돌면서 한세상 보내는 것이 나으리라.'

최척은 예전에 누구에게인가 들었던 말이 생각났다. 해섬도사라고 불리는 왕용이라는 사람이 있는데, 청성산46에 은거하며 금련단47이라는 신비로운 선약을 만들 뿐 아니라 대낮에 하늘을 날아다는 등 신선의 술법을 지니고 있다는 것이었다.

최척은 불쑥 왕용을 찾아가 보고 싶은 마음이 생겼다. 청성산으로 가서 그를 만나면 신선의 술법을 배울 수 있을 거라고 생각했던 것이다.

최척이 유랑 중에 만난 친구 가운데 송우라는 사람이 있었다.

---

43 동정호(洞庭湖) : 중국 호남성에 있는 호수 이름
44 악양루(岳陽樓) : 동정호의 동쪽 물가에 있는 누각
45 고소대(姑蘇臺) : 중국 강소성 소주에 있는 누각 이름
46 청성산(靑城山) : 중국 사천성에 있는 산. 예부터 도사가 많이 은거해 있던 곳으로 알려져 있다. 중국 도교 발상지 중의 하나이다.
47 금련단(金鍊丹) : 도사가 황금으로 만든 환약. 먹으면 장생불사한다고 전한다.

뿔뿔이 흩어진 가족

'학천'이라는 호를 가진 송우는 항주48 지방에 살고 있었다. 경전과 역사에 해박한 지식을 가지고 있었으나, 공을 세워 명성을 떨치려는 욕심은 없이 책 쓰는 일을 하며 지내고 있었다.

송우는 남에게 베풀기를 좋아하는 의로운 사람이었으므로, 최척과 통하는 면이 많았다. 두 사람은 사귄 지 얼마 되지 않아 서로를 지기49라고 부르며 절친한 사이가 되었다.

어느 날 송우는 최척이 청성산에 가기로 했다는 말을 들었다. 그러자 술을 한 병 들고 최척을 찾아왔다. 두 사람은 세상 살아가는 이야기를 나누면서 함께 술을 마셨다. 어느덧 술기운이 올라오자 송우가 친근하게 최척의 자(字)를 부르며 속마음을 꺼내 놓았다.

"백승! 사람이 세상을 살면서 누군들 늙지 않고 오래 사는 것을 바라지 않겠는가? 하지만 예로부터 지금까지 늙지 않고 죽지 않는 법은 없다네. 우리네 남은 인생이 얼마나 되겠나? 헛된 꿈을 꾸며 굶주림을 참고 괴로움을 자초하면서 살 필요가 있겠나? 게다가 알 수 없는 약을 만들어 먹는다는 산도깨비의 이웃이 되려고 그 먼 곳까지 가려 한단 말인가."

최척은 친구의 말을 묵묵히 듣고 있었다. 송우는 최척의 표정을 살피면서 한 가지 제안을 했다.

---

48 항주(杭州) : 중국 동남 해안에 위치한 도시 항저우. 저장성의 중심지이다.
49 지기(知己) : 자기의 가치나 속마음을 잘 알아주는 참다운 벗

"차라리 나와 함께 배를 타고 여기저기 다니며 세월을 보내세. 오나라나 월나라 옛적 땅을 오가면서 장사나 하는 것이 어떻겠는가? 그렇게 남은 생을 즐기면서 사는 게 신선놀음이지, 신선이 따로 있나?"

진정이 담긴 친구의 말에 최척은 문득 깨달은 바가 있었기에 그 길로 송우와 함께 길을 떠났다.

만리타향에서의 재회

 경자년(1600년) 봄이었다. 최척은 송우와 동행하여 장사꾼의 배를 타고 이곳저곳으로 다니다가 안남50에 이르게 되었다. 마침 최척의 배가 정박해 있는 포구에는 일본 배 십여 척도 와서 머물고 있었다.

그곳에서 열흘 넘게 머물러 있다 보니 4월 초이튿날이 되었다. 하늘에는 구름 한 점 없고 물빛은 비단처럼 고운 날이었다. 바람도 숨을 죽여 물결은 잔잔하고 사방이 고요하니 그림자 하나 어른거리지 않았다. 뱃사람들은 깊은 잠에 빠져 있었고, 간간이 물새 울음소리가 들려올 뿐이었다.

일본 배 쪽에서 누군가 불경을 외는 소리가 들려왔다. 최척의 귀에는 그 소리가 매우 구슬프게 들렸다.

---

50 안남(安南) : 베트남. 안남이라는 명칭은 679년 중국이 하노이에 안남도호부(安南都護府)를 둔 데서 유래되었다. 그 후 중국으로부터 독립한 베트남 사람들은 자신의 나라를 대구월(大瞿越), 대월(大越), 대남(大南) 등으로 불렀지만, 중국인들은 여전히 안남이라고 불렀다.

최척은 홀로 창가에 기대어 생각에 잠겼다. 자신의 신세를 생각할수록 쓸쓸함만 더할 뿐이었다. 문득 몇 년 전 어느 맑은 봄날 옥영과 함께 시를 주고받으며 술을 마시고 퉁소를 불던 때가 생각났다.

최척은 짐 보퉁이 속에서 퉁소를 꺼내 들었다.

선실을 한 바퀴 휘감고 돈 최척의 퉁소 소리는 창문을 빠져나가 밤바다 위로 멀리 퍼져 나갔다. 최척의 가슴속 맺힌 슬픔과 원망이 절절하게 담긴 구슬픈 곡조였다. 그 소리에 바다와 하늘마저 애처로운 빛을 띠고 구름과 안개는 수심에 잠긴 듯했다. 잠들어 있던 뱃사람들은 퉁소 소리에 깨어 귀를 기울이다가 한결같이 서글픈 표정을 지었다.

퉁소 소리의 여운이 밤바다 물결에 묻혀 잦아들려는 때였다. 문득 일본 배 쪽에서 불경을 암송하던 소리가 뚝 그치더니 잠시 후 조선말로 시를 읊는 소리가 들려왔다.

왕자진이 퉁소를 부니 달도 내려와 들으려 하고
바다처럼 푸른 하늘엔 이슬이 서늘하네.
푸른 난새 함께 타고 날아가려니
안개와 노을이 자욱하여 봉도 가는 길 찾을 수 없네.

시 읊는 소리가 그치더니 길고 깊은 탄식이 이어졌다. 최척은 멀리서 들려오는 목소리를 처음 듣자마자 마치 얼이 빠진 사람처럼 멍하니 서 있었다. 마침내 그 소리가 멎었는데도 도무지 정신을 차릴 수 없어 자신이 통소를 바닥에 떨어뜨린 사실도 깨닫지 못했다.

최척의 통소 소리에 착 가라앉아 있던 배 안의 분위기가 어수선해졌다. 조선말을 알아들을 수 없으니 멀리서 들려온 시가 무슨 뜻인지도 알 수 없고, 최척이 왜 저렇게 아연실색[51]했는지도 이해할 수 없었다.

송우가 최척의 어깨를 잡아 흔들며 말했다.

"여보게, 갑자기 왜 그러나? 정신 좀 차리게. 불편한 데라도 있는가?"

왜 그러는지 송우가 재우쳐 물어도 최척은 묵묵부답이었다. 목이 메고 눈물이 흘러 도무지 목소리를 낼 수 없었다.

최척은 한참 만에 겨우 마음을 진정시키고 떨리는 목소리로 말했다.

"조금 전에 저쪽 배에서 누군가가 읊은 시는 틀림없이 내 아내가 지은 것일세. 우리 부부 말고는 아무도 알지 못하는 시란 말이야. 게다가 방금 시를 읊던 소리도 내 아내의 목소리와 꼭 닮았어. 그럴 리가 없을 텐데……. 저 배에 내 아내가 타고 있을 리가 없지 않은가? 어떻게 내 아내가 여기까지 올 수 있고, 또 저 일본 배에 타고 있을 수 있다는 말인가?"

최척은 송우에게 왜란 당시 자신의 일가족이 적병에게 당했던 일의 자초지종을 상세하게 설명했다. 송우 말고도 여러 뱃사람들

---

51 아연실색(啞然失色) : 뜻밖의 일에 몹시 놀라 낯빛이 변함

이 옹기종기 모여 한마디도 놓치지 않겠다는 듯이 최척의 이야기에 귀를 기울였다.

사람들은 궁금한 것을 묻기도 하고, 대답에 무릎을 치기도 하며 모두 최척이 겪은 우여곡절과 지금까지 흘러온 인생사를 희한하게 여겼다.

"그렇게 다시는 만나지 못했다지만 아직 생사를 확인한 것은 아니니 나중에 무슨 일이 있었는지 어떻게 알겠소? 당신 아내도 당신처럼 죽을 고비를 넘기고 숱한 우여곡절을 겪다가 여기까지 흘러온 것인지 어떻게 아느냐 말이오."

누군가 최척에게 용기를 주려는 듯 목소리에 힘을 주어 말했다. 모인 사람들 중 젊고 용감한 두홍이라는 이름의 청년은 흥분을 참지 못해 주먹으로 노를 치면서 자리를 박차고 일어났다.

"여러 말을 할 것이 무어 있습니까? 내가 당장 저 배로 가서 알아보고 오겠습니다. 그 시를 읊은 사람이 과연 당신의 아내인지 아닌지 확인하면 될 일이 아닙니까?"

송우가 두홍을 말리며 점잖게 타일렀다.

"이미 밤이 깊었네. 이런 시각에 남의 나라 배에 가서 소란을 일으키다가 괜한 오해를 살지도 모르네. 우리 같은 무역 상인은 객지에서 구설수에 올라 이로울 것이 하나도 없네. 내일 아침이 오기를 기다려 조용히 처리하세."

사람들은 송우의 말에 고개를 끄덕이며 하나둘 제자리로 돌아갔다. 하지만 최척은 그 자리에 앉은 채로 아침이 오기만을 기다리고 있었다.

이윽고 동쪽 하늘이 부옇게 밝아 오기 시작했다. 최척은 배에서 내려 어젯밤 시 읊는 소리가 난 일본 배 쪽으로 다가갔다. 심장이 주체할 수 없이 쿵쿵 소리를 내며 뛰었다.

최척은 한껏 용기를 내어 조선말로 물었다. 목소리는 심하게 떨리고 있었다.

"이 배에 혹시 조선 사람이 타고 있소? 어젯밤 불경을 외우던 소리는 일본 말이었는데, 시를 읊던 목소리는 분명히 조선말을 하고 있었소. 나도 조선 사람입니다. 이 먼 타국 땅에서 동포를 서로 만난다면 어찌 반갑지 않겠습니까? 나와서 한 번 만나 볼 수 있겠습니까?"

돈우의 배에 타고 있던 옥영 또한 거의 밤을 지새우다시피 한 참이었다. 지난밤 배 안에서 어쩐지 마음이 진정되지 않아 불경을 외우고 있었는데, 멀리서 퉁소 소리가 들려온 것이었다.

그 소리가 어쩐지 귀에 익어 자세히 들어 보니 조선 가락임이 틀림없고, 평소에 남편이 연주한 것과 흡사했다. 혹시 최척이 중국 상선을 타고 있는 것이 아닐까 의심해 보았지만, 확인할 길이 없었다.

'내가 환청을 들은 것인가? 저 배는 분명 중국 배인데, 남편이 저기 있을 리가 없지 않은가? 그러고 보니 그날도 오늘처럼 청명

한 봄날이었구나. 남편은 퉁소를 불고 나는 그 옆에 앉아 시를 읊었지.'

애수에 젖은 옥영은 깊은 그리움에 사무쳐 예전에 지었던 시를 한 구절 한 구절 되뇌어 보았다. 한 글자도 빠짐없이 새록새록 기억이 났다.

'만약 저 배에서 퉁소를 부는 사람이 남편이라면 이 시를 기억하겠지.'

그리고 시험 삼아 시를 읊어 본 것이었다. 하지만 밤새 아무 반응도 돌아오지 않는 것이 아닌가? 막 낙심하여 있던 차에 날이 밝았고, 밖에서 조선 사람을 찾는, 귀에 익은 목소리가 들려온 것이었다.

옥영은 앉은 자리에서 벌떡 일어나 밖을 내다보았다. 그곳에는 꿈에도 그리던 남편이 고개를 빼고 까치발을 하며 서 있었다. 옥영은 허둥지둥 배 밖으로 뛰어나갔다.

어색한 옷차림에 수척하고 조금 늙은 듯했지만, 분명 제 남편이요, 틀림없는 제 아내였다. 두 사람의 눈에는 저절로 뜨거운 눈물이 차올라 폭포처럼 흘러내렸다.

"여보!"

최척과 옥영은 누가 먼저랄 것 없이 마주 보고 소리쳤다. 그러고는 서로 얼싸안고 모래밭을 뒹굴었다. 기가 막히고 목이 메어 울음소리조차 목구멍에서만 맴돌았다. 주체할 수 없는 눈물이 흐르고 흐르다가 마를 지경이 되니 피눈물까지 나왔다. 마침내 눈앞이 흐려져 아무것도 보이지 않을 지경이었다.

중국 배와 일본 배의 뱃사람들이 이 소리를 듣고 모두 밖으로 나와 두 사람을 빙 둘러싸고 구경하였다. 처음에는 두 사람의 옷차림을 보고 오랜만에 만난 친구이거나 친척쯤 되는 줄로 여겼다. 그러다가 한참 뒤 그들이 부부 사이라는 것을 알고는 모두들 깜짝 놀라 서로 수군거리며 감탄했다.

"세상에 이렇게 신기한 일이 있는가?"

"하늘이 돕고 귀신이 도왔구나! 사람의 힘으로는 이룰 수 없는 일이다."

"내 평생 보고 들은 중에 이런 일은 없었다."

조선말을 알아듣는 사람은 하나도 없었지만 모두들 두 사람을 격려하고 축하하는 마음이었다.

최척은 마음을 좀 진정시키고 가족들의 소식을 물었다.

"내가 뒤늦게 연곡 골짜기로 들어가 사람들에게 물어보니 모두 붙들려 강가로 끌려갔다던데, 이후로 정신없이 이곳저곳을 찾아다녔지만 끝내 아무도 찾지 못했소. 그때 아버님과 장모님은 어떻게 되신 게요?"

옥영이 고개를 떨어뜨리고 말했다.

"산에서 쫓겨 내려와 강가에 이를 때까지는 모두 무사하셨어요. 그런데 해가 져서 주위가 깜깜해지고 젊은이들을 붙잡아 배에 태울 때 그만 경황이 없어 서로 잃어버리고 말았습니다. 저도 두 분의 생사를 확인할 수 없어 지금까지 애통해하며 지내던 중이었지요."

두 사람은 가족을 잃었다는 슬픔에 다시 마주 보고 통곡하기 시작했다. 지켜보고 있던 사람들도 모두 코끝이 찡해져서 눈물을 닦고 혹은 돌아서서 먼 산을 보는 척하기도 했다.

송우는 그사이에 돈우를 찾아가 조심스럽게 제안했다. 백금 세 덩어리를 줄 테니 옥영을 데려가도 되겠느냐는 것이었다. 말하자면 옥영의 몸값을 대신 치르는 셈이었다. 그러자 돈우가 얼굴을 붉히며 성을 냈다.

"내가 이 사람을 알고 지낸 지 벌써 4년이 되었습니다. 그동안 이 사람의 단정한 몸가짐과 성실한 성품을 좋아하여 마치 혈육을 대하듯 친밀하게 지냈지요. 낮에 함께 밥을 먹고 밤에는 함께 잠을 자며 하루도 떨어져 지낸 날이 없지만, 지금까지 이 사람이 여자일 줄은 꿈에도 알지 못했습니다.

그런데 오늘 두 사람의 일을 내 눈으로 직접 보게 되니 천지신명도 감동하지 않을 수 없겠습니다. 내가 비록 어리석은 사람일지는 모르나 인정머리 없는 목석은 아닙니다. 어떻게 사람을 사고파는 일을 할 수 있겠습니까?"

돈우는 오히려 제 주머니를 뒤져 있는 대로 은 열 냥을 꺼내 옥영에게 건넸다.

"4년이나 함께 지내면서 좋은 일, 나쁜 일을 함께 겪었는데, 이렇게 하루아침에 헤어지게 되니 나로서는 서글픈 마음이 간절하구나. 그러나 온갖 죽을 고비를 겪고 나서 끝내 남편을 다시 만나게 된 것은 세상에 드문 일이다. 내가 지난 정에 얽매여 너를 가지 못하게 막는다면 반드시 천벌을 받겠지. 사우야, 부디 몸조심하고 잘 가거라. 잘 가거라, 사우야!"

옥영은 공손히 합장52하며 인사하고 돈우에게 고마운 마음을 전했다.

"주인어른께서 돌보아 주신 덕분에 목숨을 부지할 수 있었습니다. 그러다가 뜻밖에 남편을 만나게까지 되었으니, 베풀어 주신 은혜가 참으로 큽니다. 그런데 이렇게 큰 선물까지 주시다니요. 어떻게 이 은혜를 갚아야 할까요?"

옆에 서 있던 최척 또한 두 번 세 번 고개를 조아리며 사례했다.

최척은 자신이 머물던 배로 옥영을 데려왔다. 한 번 잡은 손을 놓치지 않으려는 듯이 두 사람은 꼭 붙어서 걸었다.

소문을 듣고 이들 부부를 보러 오는 사람들이 며칠 동안 끊이지 않았다. 그중 어떤 이들은 생면부지53인 최척 부부에게 금붙이나 비단을 선물하기도 했다. 최척은 천지신명의 은혜와 따뜻한 인정

---

52 합장(合掌) : 두 팔을 가슴께로 올려 두 손바닥과 열 손가락을 마주 합침. 불교의 인사법
53 생면부지(生面不知) : 한 번도 만나 본 일이 없어 서로 전혀 알지 못함.

을 한꺼번에 느끼며 가슴이 벅차올랐다.

긴 항해를 마치고 중국으로 돌아온 송우는 항주에 있는 자신의 집 방 하나를 따로 깨끗이 치워 최척 부부가 사는 데 불편하지 않도록 배려해 주었다.

최척은 아내를 찾고 나서 더없는 행복을 느꼈다. 하지만 머나먼 이국땅에서 친척 하나 없이 친구의 집에 얹혀사노라니 문득 외로운 감상에 잠겨 들기도 했다. 늙으신 아버지와 장모님 걱정이 머리에서 떠나지 않았고, 어린 아들도 늘 눈에 밟혔다.

시간이 흐를수록 고향에 대한 그리움은 커져만 갔다. 하지만 밤낮으로 가슴앓이만 할 뿐이었다. 그래도 천만뜻밖의 때와 장소에서 아내를 만날 수 있었던 것처럼 조선으로 돌아가 가족을 만날 날이 있으리라는 희망은 버리지 않았다. 그렇게 늘 마음속으로 기도하며 나날을 보냈다.

한 해가 지나 부부는 둘째 아들을 얻었다. 아이를 낳기 전날 밤 남원 만복사의 부처님이 또다시 꿈에 나타났다.

"이번에 낳는 아이에게도 지난번과 같은 징표가 있을 것이다."

옥영이 최척에게 꿈 이야기를 전하고 몇 시간 지나지 않아 사내아이를 낳는데, 확인해 보니 과연 등에 붉은 점이 있었다. 최척 부부는 몽석이 다시 태어난 것으로 여기고 아이의 이름을 몽선(夢仙)이라고 지었다.

몽선은 무럭무럭 자랐다. 최척 부부는 세월이 유수와 같이 흐르는 것을 새삼 깨닫고 장성한 아들을 위해 좋은 신붓감을 얻고자 수소문하고 있었다. 마침 이웃에 진씨 성을 가진 처녀가 살고 있었다. 그의 이름은 홍도라고 했다.

홍도가 갓 태어나 돌도 되기 전에 그의 아버지 진위경은 유 총병의 부대에 발탁되어 조선으로 출전했다. 그런데 전쟁이 끝나도 돌아오지 않고 끝내 소식이 끊어졌다. 설상가상으로 홍도가 미처 자라기도 전에 어머니마저 세상을 떠났다. 할 수 없이 홍도는 이모의 집에서 길러졌다.

고아나 다름없이 자라난 홍도는 타국 땅에서 돌아가신 탓에 얼굴도 한 번 뵙지 못한 아버지를 생각하며 늘 안타까워했다. 아버지가 돌아가신 나라에 갈 수만 있다면 가서 초혼[54] 의식을 치르고 왔으면 하는 마음이었다. 하지만 여자의 몸으로 머나먼 타국 땅에 갈 방법을 찾지 못해 발만 동동 구르고 있었다.

그러던 중에 이웃의 몽선이 신붓감을 구한다는 소식을 들었다. 홍도는 이모에게 중매를 부탁하며 말했다.

"제 평생소원을 이모님께서도 알고 계시지요? 꼭 한 번 조선으로 가서 가슴에 맺힌 한을 풀고 싶습니다. 최씨 댁 며느리가 되면

---

54 **초혼(招魂)** : 사람이 죽었을 때, 그 사람이 생시에 입던 저고리를 왼손에 들고 오른손은 허리에 대어, 지붕에 올라서거나 마당에서 북쪽을 향해 죽은 혼을 부르는 일

조선으로 갈 방도가 생길지 누가 알겠습니까? 최씨는 조선 사람이라면서요."

홍도의 이모는 홍도의 품은 원한과 절실한 바람을 본래부터 알고 있었으므로, 그 즉시 최척의 집으로 가서 사연을 전했다.

최척과 옥영 부부는 홍도의 사연을 전해 듣고 매우 기뻐했다.

"나이 어린 처자가 이렇게 깊은 뜻을 가슴에 품고 있다니, 참으로 가상한 일입니다. 우린들 어찌 조선으로 가고 싶은 마음이 없겠습니까? 그러나 분명히 그러겠다고 약속을 드릴 수는 없습니다. 마음은 간절해도 운이 따르지 않으면 조선으로 가는 일이 어려울 수도 있을 것입니다. 그렇더라도 조선 사람과 혼인하고 싶은 마음이 있다면 기꺼이 홍도를 며느리로 맞아들이겠습니다."

몽석과 홍도의 혼인은 원만하게 성사되어 홍도는 최척 집안의 며느리가 되었다.

꿈에 그리던 조선으로 돌아오다

해가 바뀌어 기미년(1619년)이 되었다. 누르하치55 가 요양56을 침략하여 여러 고을을 연이어 함락시키 고 수많은 명나라 군사들을 전사시켰다. 명나라의 황제는 크게 노하여 온 나라의 병사를 모아서라도 기필코 누르하치 세력을 토벌하려 했다.

이때 소주57 출신의 오세영이라는 사람이 교 유격58의 백총59으로 출전하게 되었다. 오세영은 일찍부터 여유문과 친분이 있었다. 그는 여유문으로부터 최척이 지혜롭고 용맹한 사람이라는 이야기

---

55 누르하치 : 청나라를 건국한 초대 황제 청 태조. 여진을 통일하고 후금을 세웠으며 명과의 크고 작은 전쟁에서 여러 번 대승을 거두어 청나라 건국의 초석을 다졌다.
56 요양(遼陽) : 지금의 중국 요녕성(遼寧省) 중심부의 요양 시 일대
57 소주(蘇州) : 춘추 전국 시대 때 오나라의 수도였던 곳. 지금의 중국 동부 장쑤성 남부 도시
58 교 유격(喬遊擊) : 명나라의 무신 교일기(喬一琦)를 가리킨다. 청나라 군대와 싸우다가 패하자 자살했다. '유격'은 무관 벼슬이다.
59 백총(百摠) : 명나라의 하급 무관직으로 백 명의 부하를 거느리며 군영을 관장하는 직책

를 들었다. 그래서 최척을 발탁하여 군중의 서기로 삼았다.

최척은 다시 먼 길을 떠나게 되었다. 여유문과의 인연을 생각할 때 차마 거절할 수 없었던 까닭이다. 하지만 옥영은 원망스러운 마음뿐이었다. 옥영은 행장60을 갖추어 떠나는 최척의 손을 잡고 애통한 눈물을 흘렸다.

"제 타고난 운수가 좋지 않아 일찍이 난리를 겪고 천신만고 끝에 구사일생으로 목숨만은 건졌습니다. 하늘의 도움으로 다행히 당신을 다시 만날 수 있었지요. 끊어진 거문고 줄이 다시 이어지고, 반쪽으로 나뉘었던 거울이 다시 합해진 것처럼 우리 부부의 끊어졌던 인연이 다시 이어진 것입니다. 게다가 제사를 맡아 줄 아들까지 얻었고, 이후로 이십 년 가까이 함께 살며 기쁨을 나누었지요. 힘들었던 지난날을 생각하면 이제 죽어도 한이 없습니다. 그동안 살면서 생을 마무리할 때는 제가 먼저 가리라는 마음을, 저세상으로 가서 낭군의 은혜에 보답하겠다는 마음을 늘 가져왔습니다. 그런데 뜻밖에도 늙어 가는 나이에 또다시 이별이군요. 여기서 요양까지는 수만 리 거리라지요? 살아서 돌아오기 쉽지 않을 테니 어찌 이번에도 다시 만나리라고 기약할 수 있겠습니까? 다시 긴 이별을 견뎌야 한다면 차라리 보잘것없는 이 한 목숨 스스로 끊는 편이 나을 것입니다. 몸조심하세요. 이제 영영 이별이군요!"

---

60 행장(行裝) : 길을 떠나거나 여행할 때에 사용하는 물건과 차림

옥영은 말을 끝내고 칼을 뽑아 제 목을 찌르려 하였다. 최척은 깜짝 놀라 칼을 빼앗고 아내를 달랬다.

"부인, 어찌 이리 섣부른 행동을 하시오?"

옥영은 털썩 주저앉아 목 놓아 울면서 대답했다.

"이렇게 하면, 당신도 전장에서 저 때문에 근심하는 일이 없을 것이고, 저도 밤낮으로 이어질 게 뻔한 고통을 덜게 될 것이 아닙니까?"

"명나라는 천자61의 나라요. 하찮은 오랑캐 무리가 감히 대국 군대의 상대가 될 수 있겠소? 계란으로 바위를 치는 것이나 다름이 없지요. 군대를 따라 오랫동안 오가는 것이 괴롭기는 할 것입니다. 하지만 전장에 나간다고 다 죽는 것은 아니니 헛된 걱정을 할 필요는 없소. 차라리 내가 큰 공을 세우고 돌아오기를 기다리시구려. 그러면 집에 크게 술상을 벌여 놓고 잔을 나누며 축하합시다. 더구나 우리 몽선이가 저렇게 늠름하게 장성해 있지 않소? 당신 한 몸은 충분히 기댈 만큼 의젓하구려. 아무쪼록 밥 잘 챙겨 먹고 건강에 조심하시오. 공연히 길 떠나는 사람에게 걱정 끼치지 마시고."

최척의 위로에도 옥영의 눈물은 그치지 않았다. 우는 아내를 남

---

61 **천자(天子)** : 하늘의 아들이라는 뜻으로, 제국의 군주를 이르는 말. 중국에서는 B.C.1000년 전부터 쓰였는데, 진시황 이후 쓰이지 않다가 이후 한나라 때부터 청나라 때까지 황제와 마찬가지 뜻으로 사용되었다.

겨 두고 차마 떨어지지 않는 발걸음을 재촉하여 최척은 전장으로 향했다.

최척을 포함한 명나라 군대는 먼 길을 떠나 요양 땅에 이르렀다. 그리고 요양에서 또 수백 리 오랑캐 땅을 지나 조선에서 파병된 군사들과 나란히 우모채62에 진을 쳤다. 그런데 싸움을 지휘하는 명나라의 장수들이 후금63의 군대를 얕보고 덤빈 탓에 크게 패하고 말았다.

누르하치는 패한 명나라 군사들을 남김없이 다 죽였다. 반면, 조선 군사들은 한편으로 위협하고, 한편으로는 회유하면서 단 한 사람도 죽이지 않았다.

명나라의 장수가 패잔병 십여 명을 이끌고 조선 군영에 몰래 들어갔다. 조선 병사의 군복을 빌려 입고 정체를 숨기기 위해서였다. 조선군의 원수 강홍립64은 명나라와의 의리를 지키기 위해 그들이 죽음을 면하도록 도와주려 했다. 그러나 종사관65 이민환66은 이

---

62 우모채(牛毛寨) : 우모령(牛毛嶺). 요령성의 지명

63 후금(後金) : 1616년 누르하치가 흥경에 도읍을 정하고 세운 여진족 중심의 국가. 1636년 국호를 중국식 명칭인 청(淸)으로 고쳤다. 이후 명나라를 멸망시키고 중국 통일을 완성했다.

64 강홍립(姜弘立) : 선조, 광해군 때의 문신. 명나라가 후금을 칠 때 조선 원병 1만 3천여 명을 이끌고 나갔다가 후금에 항복하여 포로가 되었다.

65 종사관(從事官) : 조선 시대 각 군영(軍營) 등에 딸리어 장수를 보좌하던 관직

66 이민환(李民寏) : 선조~인조 때의 문신. 강홍립의 종사관으로 참전했다가 항복 후 함께 포로가 되었다.

러한 사실이 후금 진영에 발각될까 두려워 다시 군복을 빼앗고 명나라 군사들을 적진으로 보내 버렸다. 누르하치의 뜻을 거슬렀다가 훗날 큰 문제가 생길지도 모르는 일이었기 때문이다.

그 중 최척은 본래 조선 사람이므로 혼란한 틈을 타 눈치 빠르게 조선 군대 속으로 섞여 들어갔다. 덕분에 홀로 죽음을 면할 수 있었다. 그러나 강홍립이 후금에 항복하면서 최척 또한 조선 병사들과 함께 포로로 사로잡히는 신세가 되고 말았다.

한편, 최척의 장남 몽석은 남원에서 무예를 익히다가 무학67으로 군대에 차출되었다. 마침 명나라의 원병 요청에 따라 후금으로 향한 강홍립의 부대 속에 몽석도 끼어 있었다. 누르하치는 항복한 조선 병사들을 나누어 가두었는데, 우연히 최척과 몽석은 한곳에 갇히게 되었다. 마침내 아버지와 아들이 헤어진 지 22년 만에 만난 것이다. 하지만 이들은 서로 마주하고도 알아보지 못했다.

그뿐만 아니라 몽석은 최척을 의심의 눈으로 바라보았다. 몽석은 최척의 조선말이 좀 어설픈 것을 보고, 조선말을 할 줄 아는 명나라 군사가 후금 군대에 잡혀 죽는 것이 두려워 조선 병사 행세를 하는 것이라고 여겼다.

최척은 최척대로 조선 젊은이가 자신에게 의심의 눈초리를 보

---

67 무학(武學) : 임진왜란 이후에 신설된 하급 무관직

내는 것이 마음에 걸려 잔뜩 긴장하고 있었다. 자신을 감시하는 듯한 이 청년이 혹시 포로로 위장한 후금의 첩자가 아닐까 의심했던 것이다.

그러던 어느 날 몽석은 최척에게 다가가 사는 곳이 어딘지를 물었다. 최척은 경계하는 마음을 풀지 않고 어떤 때는 전라도라고 했다가, 어떤 때는 충청도라고도 하면서 얼렁뚱땅 둘러대기 바빴다. 몽석은 이상하게 여겼으나 끝내 최척의 정체를 알아내지는 못했다.

그렇게 며칠을 함께 지내는 동안 두 사람은 조금씩 친해졌다. 서로의 처지를 가련히 여기게 되면서 의심하는 마음도 깨끗이 사라졌다. 어질고 인정 많은 성품을 가진 두 사람인지라 몽석은 최척의 연륜과 지혜를 존경하게 되었고, 최척 또한 몽석의 의기 넘치는 행동에 호감을 느끼며 의지하고 싶은 마음이 생겼다.

'우리 몽석이가 살아 있다면 꼭 저만한 나이일 텐데. 저렇게 건장하고 의로운 청년으로 자라날 수 있었을 텐데.'

그렇게 남몰래 속으로 말하며 눈물을 흘릴 때도 있었다.

어느 날 최척은 20여 년 전부터 자신이 겪은 파란만장한 일들을 솔직하게 털어놓았다. 몽석은 최척의 이야기를 들으며 마치 제 일인 것처럼 마음 아파하였다. 그런 애통한 사연을 가진 사람이 조선 땅에 한둘은 아닐 것이었다.

"조선을 떠나기 전에 가족을 모두 잃어버리고 아들을 업고 도망치던 몸종이 참혹히 죽는 것을 두 눈으로 똑똑히 보았다네. 몸종이 업고 있던 아들은 사라졌지만 그 와중에 살아남을 수 있었겠는가? 죽었겠지. 그것이 무엇보다도 견디기 힘든 기억이라네."

최척의 이야기가 이쯤에 이르렀을 때 몽석은 갑자기 말을 끊고 물었다.

"그때 잃어버리셨다는 아들의 나이가 얼마나 되었습니까? 몸에 무슨 특이한 점은 없었습니까?"

최척은 몽석의 놀란 표정에 오히려 의아해하며 대답했다.

"그 아이가 갑오년(1594년) 시월 생이니까, 지금 살아 있다면 벌써 스물여섯 살이겠군. 왜적이 다시 쳐들어온 정유년(1597년) 8월에 죽었으니 그때는 네 살배기 어린아이였다네. 태어날 때부터 등에 아이 손바닥만 한 붉은 점이 있었지. 그런데 자네, 왜 그러나?"

몽석은 고개를 떨어뜨리고 한참을 흐느끼며 말을 잇지 못하더니 갑자기 자리에서 일어나 최척에게 큰절을 했다. 그러곤 입고 있던 윗옷을 벗고 등을 돌려 보여 주며 말했다.

"제가 바로 그 어린아이입니다."

최척은 몽석의 등에 선명히 찍힌 붉은 반점을 보았다. 그리고 그제야 비로소 눈앞에 있는 청년이 자기 아들 몽석임을 알아차렸다. 두 사람은 서로 부둥켜안고 엉엉 울었다.

한참만에야 정신을 차린 최척이 몽석에게 물었다.

"그래, 네 할아버지와 외할머니께서는 살아 계시냐? 너와 함께 지내고 있는 것이겠지?"

몽석 또한 어머니의 안부가 궁금하여 견딜 수가 없었다.

"어머니는요? 설마 돌아가신 것은 아니겠지요?"

두 사람의 이야기는 길고 길어 며칠 밤을 새워도 끝나지 않았다. 그렇게 이야기를 나누다가 기쁜 눈물, 슬픈 눈물을 번갈아 흘리니 주위의 사람들도 관심을 가질 수밖에 없었다.

우선 가장 다행인 것은 모든 가족이 죽음을 면하고 살아 있다는 점이었다. 그리고 아버지와 아들이 기적적으로 다시 만날 수 있었던 것도 축하받아 마땅한 일이었다. 그러나 지금은 적군의 포로로 잡혀 있는 상황이니 언제 이곳을 벗어날까 답답하지 않을 수 없었다.

최척과 몽석이 서로 부둥켜안고 우는 모습을 유심히 살펴보고 있던 노인 한 사람이 있었다. 그는 포로들을 감시하는 일을 하고 있었다. 비록 멀리 떨어져 있었던 탓에 최척 부자의 말을 다 듣지는 못했지만, 대충의 사연은 알아들을 수 있었는지 얼굴에 가득 가여워하는 빛을 띠었다.

하루는 포로들을 감시하고 있던 다른 오랑캐들이 모두 밖으로 나가 있을 때 노인이 다가와 최척에게 조선말로 물었다.

"내가 얼마 전부터 당신들의 동정을 살피고 있었소만, 갑자기 서로 붙들고 소리 내어 우는 모습을 보니 처음 여기 오던 때와는 뭔가 분위기가 달라진 듯하오. 무슨 일이 있었던 게요? 들어 보고 싶구려."

최척 부자는 오랑캐가 자신들을 염탐하려는 줄 알고 곧이곧대로 말할 수 없어 우물쭈물했다. 그러자 노인이 따뜻한 얼굴로 안심시키며 말했다.

"두려워할 것 없소. 나도 본래는 조선의 백성이었다오. 평안도 삭주[68]에서 살던 병사였지요. 그런데 고을 부사[69]의 학정[70]이 너무 심하여 온 가족을 데리고 고향을 떠났답니다. 이곳 오랑캐 땅에 들어와 산 지도 벌써 십 년이 되었구려. 어떻게 들릴지는 모르지만 이곳 사람들은 성품이 정직하고 가렴주구[71]를 일삼는 관리들도 없었소. 인생이란 아침 이슬처럼 덧없는 것 아니오? 아무리 고향이 좋다고는 하지만 벼슬아치들의 매질에 시달리며 평생 두려워 떨면서 살아야 하는 것은 아니겠지요. 이곳으로 온 후 별다른 후회는 없었다오. 누르하치는 내게 병사 80명을 맡기고 조선 사람들이 달아나지 못하게 감시하라고 했소. 그런데 며칠 동안 당신들이 하는 말을 어렴풋이나마 듣고 보니 참으로 기이한 일들을 겪은 듯한데, 내게 좀 자세히 말해 줄 수 없겠소?"

최척과 몽석은 그제야 마음을 놓고 자신들이 겪은 파란만장한

---

68 삭주(朔州) : 평안도 서북부의 고을 이름. 현재의 평안북도 삭주군이다.
69 부사(府使) : 조선 시대, 정삼품의 대도호부사와 종삼품의 도호부사. 관찰사 밑에서 주요 고을을 다스렸다.
70 학정(虐政) : 포악한 정치. 관리들의 횡포
71 가렴주구(苛斂誅求) : 여러 명목의 세금을 가혹하게 억지로 거두어들여 백성의 재물을 무리하게 빼앗는 일

일들을 번갈아 가며 상세히 말해 주었다. 노인은 이야기를 다 들은 후 잠시 눈을 감고 무엇인가 생각하더니 마침내 굳은 결심을 한 듯 입을 열었다.

"기막힌 일이로구려. 내 비록 누르하치에게 죄를 추궁 당할지도 모르는 일이지만, 이 이야기를 듣고서야 어찌 당신들을 놓아 보내지 않을 수 있겠소? 내 말을 믿고 따르시오."

이튿날 노인은 최척과 몽석을 몰래 불러내어 식량을 건네주면서, 도망칠 샛길을 일러 주었다. 최척은 노인에게 여러 번 절한 후에 황급히 몽석을 데리고 달아났다.

꿈인지 생시인지 모를 일이었다. 마침내 최척은 몽석과 함께 국경을 넘어 고국으로 살아 돌아왔다. 무려 이십여 년 만의 일이었다. 최척은 어서 아버지를 뵙고 싶은 마음에 이틀 갈 길을 하루에 걸으며 쉬지 않고 남쪽으로 내려왔다.

너무 무리한 탓인지 등에 큰 종기가 났으나 미처 치료할 경황도 없이 서둘러 은진[72] 땅에 이르렀다. 더 이상 걸을 수도 없을 만큼 증세가 악화되자 몽석은 급히 여관을 정해 아버지를 눕혔다. 모르는 사이에 시시각각으로 상태는 심해지고 호흡이 가빠져 곧 숨이 멎을 것처럼 위독했다.

---

72 은진(恩津) : 충청남도 논산 지역의 옛 지명

몽석은 병든 최척을 여관에 맡겨 놓고 이리저리 백방으로 뛰어다녔다. 그러나 모르는 곳에서 쉽사리 의원이나 약을 구할 수는 없었다. 여관에 홀로 누워 있는 최척 또한 당황스럽고 초조했다.

'죽을 고비를 몇 번이나 넘기고 고국으로 돌아왔건만, 이제 고향 땅이 눈앞에 있는데 늙으신 아버지를 뵙지 못하고 죽게 되다니…….'

원통한 마음에 눈을 부릅뜨고 있다가 마침내 혼절하고 말았다.

그러던 중 마침 신분을 숨기고 살아가는 중국인 한 사람이 급히 의원을 찾던 몽석과 마주치게 되었다. 그가 침을 잘 놓는다는 말을 듣고 몽석은 다짜고짜 여관으로 데려와 최척의 증세를 살피게 했다.

"큰일 날 뻔했습니다! 어쩌다 이 지경까지 이르렀소? 만일 오늘을 넘겼다면 살릴 수 없었을 겁니다."

중국인은 쯧쯧 혀를 차고 주머니에서 침을 꺼냈다. 최척의 등에 난 종기를 터뜨리고 고름을 빼낸 후 정성을 다해 치료해 주었다. 이후 이틀간 몽석이 극진히 간호한 끝에 최척의 증세는 훨씬 호전되었다.

다시 걸을 힘이 생기자 최척은 아들이 말리는 것을 물리치고 자리에서 일어났다. 그리고 지팡이를 짚고서 몽석의 부축을 받으며 남원의 고향집으로 돌아왔다.

전쟁터에 나가 소식이 없던 몽석이 돌아오는 것도 크게 놀랄 일인데, 그 옆에 최척이 비틀거리며 대문 안으로 들어오는 것을 본 집안사람들은 모두 죽은 사람을 다시 보는 듯 입을 딱 벌렸다.

최숙은 늙은 몸을 일으켜 이미 폭포처럼 눈물을 쏟고 있는 아들을 부둥켜안았다. 그렇게 꿈인지 생시인지 모를 기적적 생환을 기뻐하면서 최숙과 최척, 몽석까지 3대가 서로 손을 부여잡고 목을 끌어안으며 해 질 녘이 되도록 울었다.

바깥의 소란에 심씨도 방문을 열고 나왔다. 심씨는 딸 옥영을 잃고 난 뒤로 바보처럼 멍하니 마음을 잡지 못하고 오직 몽석에 의지하며 살고 있었다. 그런데 몽석마저 전쟁터에 나가 돌아오지 않으니 살 희망을 다른 곳에서 찾을 수가 없었다.

손자가 전쟁 중에 죽은 것으로 여긴 심씨는 몇 달 동안 자리에 누워 일어나지 못하고 있던 참이었다.

그러던 차에 몽석과 그 아비가 살아 돌아왔다는 것이 아닌가? 심씨는 미친 듯이 소리를 지르며 허둥대었다. 웅얼대는 소리를 간신히 알아들은 최척이 심씨에게 옥영이 아직 살아 있음을 알려 주었다. 심씨는 딸의 이름을 목 놓아 부르며 눈물을 흘렸다. 가족들조차 심씨가 슬퍼서 우는 것인지, 기뻐서 우는 것인지 도무지 알 수가 없었다.

아버지와 집으로 무사히 돌아온 몽석은 보은 땅에서 은혜를 베풀어 준 중국인에게 사례해야겠다고 생각했다. 그가 아버지를 살려 주지 않았다면 지금의 기쁨도 없었을 것이기 때문이다. 몽석은 다시 보은 고을로 가서 중국인을 만나 남원 집으로 데려왔다. 그간에 있었던 이야기를 들은 가족 모두는 그의 노고를 치하하고 감사의 뜻을 표했다.

최척이 공손하게 말문을 열었다.

"중국 분이시라고 들었습니다. 댁은 어디시고 성함은 어찌 되십니까?"

중국인은 감회에 젖은 듯 눈을 가늘게 뜨고 대답했다.

"제 성은 진이고 이름은 위경입니다. 집은 항주 용금문 안에 있었지요. 만력73 25년(1597년)에 유 제독74의 군대에 들어갔다가 왜란을 진압하러 순천에 오게 되었지요. 그러던 어느 날 적진의 형세를 정탐하다가 장군의 뜻을 거스르는 일을 저질렀습니다. 군법에 따라 처벌을 당할 지경이 되니 어쩔 수 없이 달아나 이곳저곳을 떠돌며 도피 생활을 하게 되었지요. 그러다 보니 중국으로 돌아가지도 못하고 오늘에까지 이른 것입니다."

최척은 이야기를 들으면서 처음에 놀랐던 얼굴이 점점 환해지다가 마침내 옳거니 하고 무릎을 쳤다.

"고향에 부모님이나 처자식이 계신가요?"

---

73 만력(萬曆) : 명나라 14대 황제인 신종의 연호. 1573~1619년
74 유 제독(劉提督) : 명나라 장수 유정(劉綎)을 가리킨다. 임진왜란 때와 정유재란 때 두 차례에 걸쳐 군대를 이끌고 조선에서 왜적과 싸웠다.

진위경은 최척의 반응에 의아해하면서 대답했다.

"집에는 처와 딸아이 하나가 있습니다. 제가 조선으로 온 것은 딸을 낳은 지 두어 달 되던 때였지요."

최척은 다시 재우쳐 물었다.

"따님의 이름은 무엇입니까?"

진위경은 갓난아이의 모습을 눈앞에 그려 보듯 정이 듬뿍 담긴 목소리로 말했다.

"딸아이가 태어나던 날이었어요. 마침 이웃 사람이 복숭아를 선물로 가져다주더군요. 그 일을 인연 삼아 아이 이름을 '홍도(紅桃)'라고 지었습니다."

최척은 감격에 젖어 진위경의 손을 덥석 잡았다.

"희한한 일입니다, 희한한 일이에요! 제가 항주에 있을 때 바로 댁의 이웃에 살았습니다. 안된 일이지만 댁의 부인께서는 신해년(1611년) 9월에 병으로 돌아가셨습니다. 그 뒤로 홍도는 이모 댁에서 자랐지요. 그러다가 무슨 인연인지 우리 집에 며느리로 오게 되었답니다. 아직도 항주에는 제 처와 둘째 아들, 그리고 며느리가 살고 있을 것입니다. 오늘 여기서 사돈을 만나 뵙게 될 줄을 어느 누가 알 수 있었겠습니까?"

진위경은 깜짝 놀라더니 이내 깊은 한숨을 쉬며 슬픈 기색을 띠었다. 눈에 그렁그렁 맺힌 눈물을 한참 동안 흘린 뒤에야 고개를 들고 말했다.

"나는 그동안 대구에서 박씨 성을 가진 사람 집에 머물고 있었습니다. 거기서 노파 한 사람을 만나 침술을 배우고는 그것으로 호구지책75을 삼게 되었습니다. 이제 당신의 말씀을 들으니 우리는 이미 사돈지간인 셈이군요. 마치 고향에 온 듯한 기분입니다. 그러니 지금부터 이곳에 방을 하나 빌려 거처해도 되겠습니까?"

몽석이 일어서서 예를 표하며 말했다.

"어르신께서는 저희 아버지를 살려 주신 은인이십니다. 게다가 저희 어머니와 아우가 어르신 따님의 봉양을 받고 있다고 하지 않습니까? 이미 일가를 이룬 것인데, 가족끼리 무슨 어려운 일이 있겠습니까? 오히려 제가 먼저 함께 사시기를 청해야 할 일이지요. 부디 마음 편히 가지시고 당장 이사를 하십시오."

진위경은 곧 최척의 집으로 옮겨와 살게 되었다. 그날부터 최척과 몽석은 진위경과 함께 중국의 가족을 만날 방도가 있는지 밤낮으로 속을 끓이며 궁리하였다. 하지만 중국 항주는 그곳으로 가기까지 몇 달이 걸릴지 모르는 먼 곳이었고, 중국과 조선 곳곳에 크고 작은 난리가 계속되어 민심이 흉흉한 때였으므로 마땅한 방법을 찾지 못하고 눈물만 흘릴 뿐이었다.

---

75 호구지책(糊口之策) : 가난한 살림에 겨우 먹고살아 가는 방책

돛단배 하나로 망망대해를 건너

항주에 있던 옥영은 후금 땅으로 출정한 명나라 군대가 전멸했다는 소식을 들었다. 최척이 싸움터에서 목숨을 잃은 것이 분명하다고 여긴 옥영은 절망에 빠졌다. 밤낮으로 통곡을 그치지 않던 중 마침내 죽기로 작정한 옥영은 그때부터 곡기를 끊고 물 한 방울 입에 대지 않았다.

그러던 어느 날 밤이었다. 남원 만복사의 부처님이 옥영의 꿈에 다시 나타났다. 부처님은 옥영의 머리를 어루만지면서 자비로운 목소리로 말했다.

"몸을 삼가서 죽지 않도록 하라. 훗날 반드시 기쁜 일이 있을 것이다."

꿈에서 깬 옥영은 기운을 차리고 몽선에게 말했다.

"내가 왜적에게 끌려가던 날 치욕을 당하느니 차라리 물에 빠져 죽으려 했었다. 그런데 꿈에 남원 만복사의 부처님이 나타나 말리시더구나. 죽지 않도록 몸을 삼가면 훗날 좋은 일이 있을 거라고 하셨단다. 그리고 나서 4년 후에 안남국의 해안에서 네 아버지를 다시 만난 것이다. 그런데 지금 또 내가 죽을 마음을 먹고 있는데, 다시 만복사 부처님의 꿈을 꾸고 같은 말을 들었으니 무슨 징조이 겠느냐? 혹시 네 아버지가 죽음을 면하고 살아 계신 것이 아닐까? 그렇기만 하다면 나는 죽어도 산 것이나 다름없으니 무슨 여한이 있겠느냐? 너희 형제를 낳을 때에도 만복사 부처님은 어김없이 내 꿈에 나타나셨단다. 모두가 부처님께서 도우신 덕분이니 이번에도 네 아버지를 살려 주신 것이 아닌가 싶다. 만약 네 아버지가 살아 계시다가 내가 죽었다는 소식을 들으면 얼마나 상심하시겠느냐?"

어머니가 죽을 결심을 돌이킨 것을 알고 몽선은 몹시 기뻐하며 말했다.

"어머니 말씀이 모두 맞습니다. 언젠가 반드시 좋은 일이 있을 것입니다. 얼마 전에 들은 얘기로는 누르하치가 중국 병사는 모조 리 죽였지만 조선 병사는 죽이지 않고 살려 주었다고 합니다. 아 버지는 본래 조선 사람이 아닙니까? 무슨 우여곡절이 있었는지는 모르지만 틀림없이 살아 계실 겁니다. 설마 부처님 꿈이 허튼 징 조일 리가 있겠습니까? 그러니 이제 마음을 편히 잡수시고 아버지 께서 돌아오시기를 기다리십시오."

아들의 말을 들으며 옥영의 머릿속은 조금 복잡해졌다. 무작정 기다린다고 될 일이 아닌 것 같았다. 기왕에 죽을 결심을 접고 살 기로 한 이상 무엇이든 먼저 나서서 시도해 보고 싶었다.

옥영은 혼자 머릿속으로 분주하게 원대한 계획을 세워 보았다.

그리고 마침내 강한 확신을 가지고 아들 내외를 불러 말했다.

"누르하치의 소굴인 후금 땅에서 조선 국경까지는 겨우 나흘이나 닷새면 닿을 수 있는 거리다. 그러니 네 아버지가 목숨을 건졌다 해도 반드시 조선으로 달아나셨을 것이다. 적병이 수없이 도사린 곳을 되짚어 지나고, 험한 수만 리를 걸어 이곳으로 돌아오는 것이 가능하겠느냐?"

옥영은 몽선과 홍도의 얼굴을 번갈아 바라보면서 마침내 목소리에 힘을 주어 자신의 계획을 털어놓기 시작했다.

"나는 고국으로 돌아가 네 아버지를 찾아봐야겠다."

몽선과 홍도는 자신들의 귀를 의심했다. 고국이라니, 지금 조선으로 가겠다는 말인가? 더구나 저 말이 죽기를 각오하고 식음을 전폐한 채 누워 있다가 방금 일어난 여인의 입에서 나온 소리인가?

자식들의 놀란 표정에 옥영은 충분히 예상하고 있었다는 듯이 말을 계속했다.

"네 아버지가 만일 전장에서 돌아가셨다면 직접 요양 땅을 헤매어서라도 시신을 찾고 원혼을 위로한 뒤 선산에 장사 지내 드려야 하지 않겠느냐? 사막에서 굶주리며 떠도는 신세는 면하게 해 드려야 내 책임을 다했다고 말할 수 있을 것이다. 남녘의 새는 남쪽에 둥지를 틀고 북녘의 말은 북쪽을 향해 우는 법이다. 나도 점점 나이를 먹고 죽을 날이 다가오니 고향 생각이 갈수록 간절하구나. 시아버지와 홀어머니, 어린 아들을 난리 통에 모두 잃고 그 생사조차 알 수 없는 처지 아니냐? 그런데 얼마 전에 일본 상인에게 들자니, 왜란 때 포로로 잡혀갔던 조선 사람들이 속속 송환되고 있다고 한다. 그것이 사실이라면 살아 돌아온 사람 중에 우리 가족이 없으라는 법도 없다. 만일 네 부친과 조부께서 모두 이역 땅에서 비명횡사76하셨다면 선산의 묘는 누가 돌보겠니? 친척들 또한 난리로 다 목숨을 잃지는 않았을 게야. 친척이라도 만날 수 있다면 이 또한 다행한 일 아니냐?"

몽선과 홍도에게도 조선으로 간다는 것은 막연하나마 꿈에 그리던 일이기는 했다. 그렇다고 해도 당장 실행에 옮긴다고 생각하니 도무지 엄두가 나지 않았다.

"어머니 말씀은 충분히 알겠습니다. 하지만 지금 우리 처지를 생각하면 조선으로 갈 만한 여유가 없고, 육지로든 바다로든 가는 길이 위험한 때이니 조금 더 때를 기다려 보시는 게 좋지 않겠습니까?"

옥영은 천천히, 그러나 분명히 고개를 저었다.

"어미 말대로 하자꾸나. 몽선이 너는 배를 한 척 빌리고 되는대로 양식을 준비해라. 여기서 조선까지는 뱃길로 이삼천 리밖에 안 되니, 만일 하늘이 우리를 돌보아 순풍77을 만나기만 한다면 불과

---

76 비명횡사(非命橫死) : 뜻밖의 재난이나 사고 따위로 허망하게 죽음
77 순풍(順風) : 배가 가는 방향으로 부는 바람

열흘 정도면 조선 해안에 도착할 수 있을 것이다. 내 계획은 이미 섰느니라."

몽선은 어떻게든 어머니를 말리고 싶었다. 하지만 한 번 마음을 먹으면 좀처럼 돌이키지 않는 옥영의 성격을 알기에 답답하기만 했다.

"어머니, 순조롭게 항해를 한 끝에 조선에 닿을 수 있다면야 얼마나 좋겠습니까? 그러나 만 리 바닷길을 돛단배 한 척으로 건너면서 아무 일도 일어나지 않으리라고 믿는 것이 말이 되나요? 아무리 하늘이 돕는다 해도 비바람과 파도, 상어 떼 등 도처에 예측할 수 없는 위험이 도사리고 있을 테고, 해적선이나 경비선이 사납게 굴며 우리의 갈 길을 가로막을 것입니다. 우리 모자가 물고기 밥 신세가 되는 것이 돌아가신 아버지께서 바라는 일이겠습니까? 제가 비록 어리석지만 이런 큰일을 당하고 보니 감히 거역하는 말씀을 올리지 않을 수 없습니다. 어머니 말씀이 틀렸다는 것이 아니에요. 지금 당장은 안 됩니다."

그때였다. 가만히 앉아 어머니와 아들의 이야기를 듣고만 있던 홍도가 입을 열었다. 옥영은 아들을 설득하느라 애쓰던 중에 잠자코 있던 며느리가 제 이야기를 하려 하니, 혹 남편 역성을 들까78

---

78 **역성들다** : 옳고 그름에 관계없이 편들어 감싸 주다.

걱정스럽기는 하면서도 저절로 귀를 기울이게 되었다. 그런데 뜻밖에도 홍도의 시선은 남편 몽선을 향하고 있었다.

"여보, 어머님 말씀을 거역하지 마세요. 어머님께서 어련히 깊이 생각하시고 결정하신 일이겠어요? 이치에 맞는 일이라면 어려움을 따질 필요가 없습니다. 평탄한 곳에 산다고 해서 무조건 안전하리라는 법이 있겠어요? 준비를 차곡차곡 하고 좋은 시절에 떠난다고 해서 뱃길에 아무 위험이 없을 리는 없지요. 물과 불, 도적의 위험은 어느 때, 어느 곳에나 있는 것이니 그것이 두려워 피하려고만 한다면 아무 일도 못 하게 될 것입니다."

옥영은 며느리의 응원에 힘입어 신이 나고 목소리가 더 높아졌다.

"물길에 여러 어려움이 있는 게 사실이다. 하지만 나에게는 숱한 경험이 있단다. 너희들에게도 말한 적이 있지만 내가 일본에 있던 시절 배를 집 삼아 봄이면 민광79에서, 가을에는 유구80에서 장사를 하고 다녔다. 수시로 닥쳐오는 거센 바람과 험한 파도를 헤치고 항해하는 일이나 밤하늘의 별을 보고 조수81를 점치는 데 누구보다도 익숙하단다. 그러니 험난한 풍랑의 어려움은 능히 내

---

79 민광(閩廣) : 중국 복건성, 광동성 일대를 가리킴.
80 유구(琉球) : 오늘날의 일본 오키나와 지방. 1879년에 일본이 침략하여 일본 영토로 삼았다.
81 조수(潮水) : 해와 달, 특히 달의 인력에 의하여 주기적으로 바다 면의 높이가 높아졌다 낮아졌다 하는 현상

최척전

가 감당할 수 있을 것이다. 바람과 파도의 험난함은 내가 감당할 수 있고, 안전하게 항해하는 것도 내가 알아서 하겠다. 그러고도 혹시 불행한 일이 생길 수는 있겠지. 하지만 그때그때 해결할 방도를 찾을 수 있지 않겠느냐? 우리가 힘을 합쳐 이겨내 보자꾸나."

옥영은 먼저 가족들이 입을 조선 옷과 일본 옷을 지었다. 그리고 날마다 아들과 며느리에게 조선말과 일본 말을 가르쳤다.

그리고 배를 준비하는 몽선에게 차근차근 일렀다.

"항해는 오로지 돛대와 노에 의지하는 것이다. 그러니 반드시 견고하게 만들어야 한다. 또 하나 없어서는 안 되는 것이 나침반이다. 좋은 것으로 골라 틀림이 없도록 해야 한다. 배를 띄우기 적당한 날을 골라 출발할 테니, 내 뜻을 어기지 않도록 해라."

몽선은 어머니의 뜻을 묵묵히 따르면서도 근심스러운 얼굴을 감추지 못했다. 차근차근 출항할 준비가 진척될수록 걱정은 점점 커져 갔다. 옥영이 잠시 자리를 비운 사이 몽선은 홍도에게 원망스러운 얼굴로 말했다.

"어머니가 하시는 일을 자식 된 도리로 따르기는 해야겠지만, 나는 아직도 우리가 잘 하는 일인지 모르겠소. 어머니가 목숨을 돌보지 않으시고 만 번이라도 죽을 계획을 세우시니, 어떻게든 말려 보는 것이 마땅하지 않겠소? 위험을 무릅쓰고 험난한 파도를 건너 조선으로 간다 한들, 아버님을 만나리라는 보장이 있는 것도 아니지 않소? 그렇지 않기를 간절히 바라지만 아버님께서는 이미 돌아가셔서 그 시신이 어느 곳에 버려져 있는지도 모르는데, 어머니마저 알지 못하는 위험한 곳으로 밀어 넣어 버리는 일을 우리가 해야 하겠소? 나는 도무지 이번 일을 찬성할 수도 없고, 이해할 수도 없구려."

남편의 날 선 목소리에 홍도는 얼굴을 붉혔지만 이내 차분한 목소리로 대답했다.

"어머님께서는 큰 바다를 여러 번 건너신 분입니다. 그만큼 자신이 있으신 게지요. 그런 데다 지성을 다해 이런 중대한 계획을 세우셨으니, 말로 옳고 그름을 다투는 것이 무슨 소용 있습니까? 어머님의 결심을 되돌리기에는 이미 늦었습니다. 지금 말릴 수도 없는 일을 말려서 나중에 후회하느니, 어머님 말씀을 순순히 따라 정성스럽게 도와 드리는 것이 나을 것입니다."

몽선은 아내의 말에 더욱 화가 치밀어 올랐다.

"지금 당신의 태도를 보면 설득하거나 말리기는커녕 오히려 부추기고 있지 않소?"

홍도는 자신의 마음을 이해해 주지 못하는 남편이 원망스러웠다.

"당신이 그렇게 말씀하시는 뜻을 제가 왜 모르겠습니까? 하지만 어머님 마음이나 제 마음도 조금 더 헤아려 주실 수 없습니까? 제가 태어난 지 두어 달도 채 되지 않아 아버지께서 전쟁터로 나가 끝내 돌아오지 않으셨습니다. 아마도 아버지의 유골은 낯선 타국에서 뒹굴고, 혼령은 거친 들판의 잡초에 얽혀 있을 것입니다. 그런데도 자식이라는 사람이 멀쩡한 얼굴을 세상에 들고 다닌다면 그것이 옳은 도리이겠습니까? 게다가 요사이 길에 떠도는 말을 듣자니, 당시 패잔병 중에 천행으로 목숨을 건진 후 조선에 남아 떠도는 사람들이 아직 많다고들 하더군요. 어머니께서도 아버님께서 돌아가셨을 거라고 늘 말씀은 그렇게 하시지만, 속으로는 혹시 살아 계시지 않을까 기대하는 마음이 어찌 크지 않겠습니까? 그렇게 작은 요행이라도 붙잡고 바랄 수밖에 없는 것은 저도 마찬가지입니다. 이왕 큰맘 먹으신 거라면 도와주세요. 당신 덕분에 조선에 이르러 한 번만이라도 아버지 계시던 전장을 찾아가 보고, 그 원혼을 조금이나마 위로할 수 있다면 저는 그날 죽는다 해도 여한이 없겠습니다."

말을 마친 홍도의 눈에서는 굵은 눈물이 뚝뚝 떨어졌다.

몽선은 어머니와 아내의 뜻을 끝내 꺾지 못했다. 마침내 세 사람은 준비를 단단히 하고 경신년(1620년) 2월 초하루에 망망대해를 향하여 배를 띄웠다.

출항 직전 옥영은 몽선을 불러 말했다.

"조선은 여기서 동북쪽에 있다. 그러니 남서풍이 불기를 기다려야 한다. 니는 노를 잡고 앉아서 내가 하는 말을 잘 듣고 따르도록 해라."

옥영은 깃대 끝에 깃털을 매달고 뱃머리 쪽에 나침반을 두었다. 그러곤 배 안을 꼼꼼히 점검해 보니 모든 것이 잘 갖추어져 있었다.

"얘들아, 수고가 많았다. 빠진 것 하나 없이 잘 준비했구나. 무엇보다 막무가내로 서두른 어미의 뜻을 이해하고 따라 준 것이 가장 고맙다."

옥영과 몽선 부부가 탄 배는 마침내 항주를 떠나 돌이킬 수도 없고, 기약도 없는 항해를 시작했다.

해안에서는 보기 힘든 큰 물고기들이 물위로 뛰어오르며 뛰놀고, 깃대에 매달아 놓은 깃털은 바람에 휘날려 동북쪽을 가리켰다. 세 사람은 있는 힘껏 돛을 올렸다. 배는 남서풍을 타고 바다를 가로질러 쏜살같이 앞으로 나아갔다. 이렇게만 가면 금방 조선에 닿을 수 있을 것 같았다.

몽선에게는 여전히 불안한 항해였지만, 옥영의 가슴은 바람을 안은 돛처럼 크게 부풀어 있었다. 밤낮을 가리지 않고 바람에 돛을 맡겨 항해하니 어느새 산동성82 앞바다를 지나고 있었다. 망망한 대해에 섬들이 떠 있다가 돌아보면 이미 보이지 않았다.

---

82 산동성(山東省) : 중국 황하(黃河) 하류 지역. 황해를 사이에 두고 한반도와 마주 보고 있다.

하루는 명나라의 경비선을 만났는데, 경비선의 군졸이 물었다.

"어느 곳에서 온 배인가? 그리고 지금 무엇 하러 어디로 가는가?"

옥영이 얼른 앞으로 나서서 중국말로 대답했다.

"저희는 항주 사람입니다. 장사를 해서 먹고살지요. 지금 산동으로 차를 팔러 가는 길이랍니다."

경비선은 태연한 옥영의 태도에 별 의심을 품지 않고 그냥 지나갔다.

그 이튿날에는 일본 배가 다가와 가는 길을 멈추게 했다. 가족은 옥영의 지시대로 중국옷을 벗어 감추고 재빨리 일본 옷으로 갈아입었다. 두근거리는 가슴을 애써 억누르고 있다 보니 일본 배가 코앞까지 이르렀다.

한 일본인이 물었다.

"어디서 오는가?"

옥영은 유창한 일본말로 대답했다.

"고기잡이하러 바다로 나왔다가 풍랑을 만났습니다. 배가 망가져 표류하다가 다행히 중국 항주 연안에 닿았지요. 거기서 새로 배를 얻어 지금 일본으로 돌아가는 길이랍니다."

일본 사람은 혀를 끌끌 차면서 동정 섞인 목소리로 말했다.

"고생이 많았구려. 조심하셔야겠습니다. 그런데 이 길로 계속 가면 일본과 어긋나니, 여기서 남쪽으로 뱃머리를 돌려야 할 것이오. 그러면 며칠 안에 일본까지 갈 수 있을 겁니다."

일본 배가 멀리 사라지는 모습을 보면서 옥영은 길게 한숨을 쉬었다. 별 탈 없이 그들을 보낸 것도 다행이었지만, 일본이 남쪽에 있다니 지금의 항로를 유지하면 조선에 닿을 수 있다는 확신이 생겼다.

하지만 안도감은 오래가지 않았다. 날이 저물자 갑자기 미친 듯이 바람이 불기 시작했다. 솟아오른 파도는 하늘에 닿을 듯하고, 구름과 안개가 사방을 가득 채워 한 치 앞도 분간하기 어려웠다. 노는 부러지고 돛은 찢어졌다. 어디로 가야 할지 알 수 없었고, 어디로 가는지도 알 수 없었다.

거친 파도에 익숙지 않은 몽선과 홍도는 두려움에 떨며 엎드린 채로 뱃멀미를 심하게 했다. 옥영 또한 당황하지 않을 수 없는 상황이었지만, 가족의 운명을 하늘에 맡길 수밖에 없음을 잘 알고 있었다. 옥영은 침착하게 앉아 하늘을 우러러 기도했다.

칠흑같이 어두운 밤이었다. 다행히 풍랑이 잦아들더니 정처 없이 표류하던 배가 어느 조그만 섬에 닿았다. 옥영의 가족은 배에서 내렸다.

날이 밝자 세 사람은 부서진 배를 수리하기 시작했다. 얼른 다시 배를 띄우고 싶었지만 도움을 줄 만한 사람도 없고, 장비도 없어 섬에서 며칠 지체하게 되었다. 그러던 중 아득한 바다 멀리로부터 심상치 않은 배 한 척이 섬 쪽으로 다가오는 것을 발견했다.

옥영은 몽선을 시켜 배 안에 있는 물건들과 식량을 모두 바위

최척전

굴 안에 숨겨 두게 했다.

낯선 배가 섬에 상륙했다. 배에 타고 있던 사람들이 떠들썩하게 소리를 지르며 아래로 내려왔다. 말소리나 옷차림을 살펴보니 조선 사람이나 일본 사람은 아니었다. 그나마 듣기에는 하는 말이 중국말과 비슷하게 느껴졌다. 그들은 다짜고짜 옥영과 몽선, 그리고 홍도를 보이는 대로 때리며 위협했다. 아마도 가진 것을 다 내놓으라는 말 같았다.

옥영이 중국말로 애원했다.

"저희는 중국 사람입니다. 근방 바다에서 고기잡이를 하다가 풍랑을 만나 표류하다가 이 섬으로 떠내려왔습니다. 본래 장사하는 배도 아니고, 가지고 있던 얼마 안 되는 물건도 풍랑에 모두 바다에 빠뜨려 잃고 말았습니다. 제발 목숨만은 살려 주십시오."

옥영은 울며불며 매달렸다. 세 사람의 행색을 살펴보던 그들은 저희들끼리 무언가 수군거리더니 들고 있던 무기를 거두고 돌아섰다. 가지고 있던 짐을 빼앗기지 않은 것은 물론 사람이 죽거나 다치지 않은 것이 천만다행이었다.

하지만 잠시 후 옥영은 정신을 잃을 만큼 깜짝 놀랐다. 도적들이 자신의 배 뒤로 옥영의 배를 묶어 끌고 가고 있었기 때문이다.

옥영은 기를 쓰고 바다 쪽으로 달려가려고 했다. 몽선과 홍도는 힘을 합쳐 옥영을 붙잡고 눈물을 쏟으며 말렸다.

마침내 배가 멀어져 가고 옥영은 다리에 힘이 풀린 듯 자리에

엎어졌다. 함께 주저앉은 몽선과 홍도에게 옥영이 말했다.

"이들은 필시 해적들일 것이다. 예전에 들은 적이 있는데, 어떤 해적은 중국과 조선 사이의 바다에 출몰하여 노략질을 하는데 사람은 잘 죽이지 않는다고 하더구나. 이들이 바로 그 해적인가 보다. 그나저나 이제 어떻게 하느냐? 몽선아, 내가 네 말을 듣지 않고 무리해서 길을 나섰다가 끝내 이런 낭패를 보고 마는구나. 하늘도 무심하시지. 배만 있으면 뱃길에는 자신이 있었는데, 그 배를 잃었으니 이제 어쩐단 말이냐? 하늘에 맞닿은 저 바다를 날아서 건널 수도 없고, 이제 와서 뗏목을 만들어 띄울 수도 없고, 그렇다고 댓잎을 타고 갈 수도 없으니……. 아무리 생각해도 이제는 꼭 죽을 수밖에 없구나. 아, 늙은 나는 이미 살 만큼 살았으니 죽는 것이 두렵지 않으나, 못난 어미 때문에 너희가 따라 죽게 되다니 불쌍해서 어떡하느냐?"

옥영은 아들 내외와 부둥켜안고 슬피 울었다. 그 소리가 벼랑의 바위에 부딪혀 메아리치고, 그 원한은 파도에 층층이 맺히니, 바다의 신도 몸을 움츠리고 산의 도깨비도 얼굴을 찡그리며 신음 소리를 내는 듯했다.

어머니를 겨우 진정시키고 몽선과 홍도는 막막하나마 당장 무엇부터 어떻게 해야 할까 의논하고 있었다. 그 틈에 옥영은 아들 내외의 눈을 피해 절벽 위로 올라갔다. 바다에 몸을 던져 한스러운 목숨을 그만 끊으려는 것이었다.

때마침 옥영을 발견한 몽선 부부가 황급히 뒤쫓아 왔다. 몽선과 홍도는 옥영을 겨우 붙잡고 다시 한 번 주저앉아 어린아이처럼 통곡했다.

옥영이 몽선을 돌아보며 말했다.

"몽선아, 죽겠다는 나를 말려서 대체 어쩌자는 것이냐? 우리가 가진 식량이라고는 자루 안에 사흘 치밖에 남아 있지 않다. 앉아서 식량만 축내며 그것이 떨어지기만을 기다리는 게 무슨 의미가 있느냐?"

몽선은 어머니의 속을 다 알고 있었다. 미안한 마음에 당신 스스로 목숨을 끊어 먹는 입이라도 하나 줄여 보려는 심산인 것이다. 몽선은 어머니의 마음을 돌리기 위해 안간힘을 썼다.

"식량이 다 떨어진 다음에 죽어도 늦지 않습니다. 하루든 이틀이든 함께 버텨 보아야지요. 그러다가 만에 하나 살길이 생기면 어쩌시렵니까? 그때 우리 세 사람이 모두 살아 있어야 후회할 일이 없지 않겠습니까?"

몽선 부부는 겨우 어머니를 설득하여 벼랑 위에서 내려왔다. 그리고 바위 굴속으로 들어가 밤새 어머니를 살피며 뜬눈으로 새벽을 맞았다.

멀리서 동이 트고 있었다. 잠시 정신을 잃은 듯 깊은 잠에 빠졌던 옥영이 눈을 뜨고 아들과 며느리에게 말했다.

"내가 기진맥진하여 잠에 빠졌었구나. 꿈인지 생시인지도 모를 그사이에 남원 만복사의 부처님이 또 나타나셨다. 참으로 희한한 일이 아니냐?"

홍도가 바싹 다가앉으며 물었다.

"어머니, 부처님께서 뭐라십니까? 죽어서는 안 된다고 하시지요? 살아 있다 보면 나중에 좋은 일이 있을 거라고 하시지요?"

옥영은 아들 내외를 바라보며 고개를 끄덕이고 엷은 미소를 띠었다. 바위 굴속으로 아침 햇빛이 새어들고 있었다. 세 사람은 둥글게 둘러앉아 염불을 하며 속으로 빌었다.

"세존83이시여, 저희를 굽어 살피소서! 세존이시여, 저희를 굽어 살피소서!"

---

83 **세존(世尊)** : '석가모니'를 높여 이르는 말

마침내 한곳에 모인 가족

 이틀이 더 지났다. 이제 자루 안의 식량은 거의 바닥을 드러내고 있었다.

한숨을 쉬던 몽선은 멀리 수평선 쪽으로 눈길을 돌렸다. 아득한 바다 멀리서 문득 돛단 배 한 척이 눈에 띄었다.

몽선은 허둥지둥 어머니를 불렀다.

"어머니, 이곳으로 배가 다가오고 있습니다. 예전에 보지 못한 모양의 배이니 또 무슨 일을 당할지 걱정입니다."

바닷가로 나온 옥영은 점점 가까워지는 배의 모습을 보고 뛸 듯이 기뻐하며 말했다.

"몽선아, 아가야. 우리는 이제 살았다. 이리 와서 보렴. 저건 조선 배란다. 그나저나 우리를 못 보고 지나치면 안 될 텐데……."

옥영은 얼른 조선 옷으로 갈아입고 아들과 며느리에게도 그렇게 하도록 시켰다. 그러곤 몽선에게 얼른 벼랑 위로 올라가 옷을 크게 흔들라고 했다.

섬에 사람이 있는 것을 보았는지 배는 점점 가까이 다가와 마침내 옥영 가족이 있는 바닷가에 이르렀다.

뱃사람들이 돛을 내려 배를 멈추고 물었다.

"댁들은 누구이기에 이런 외딴곳에 와 있는 거요? 여기는 해적들이 출몰하여 사람이 살 만한 곳이 아닌데⋯⋯."

옥영이 조선말로 대답했다.

"우리는 본래 한양의 양반입니다. 일이 있어 나주로 내려가는 길이었는데 갑자기 거센 풍파를 만났습니다. 배는 뒤집히고 같이 탔던 사람들은 모두 물에 빠져 죽었습니다. 오직 우리 세 사람만 돛대에 매달린 채 이곳으로 떠내려와 겨우 목숨을 부지하고 있었던 것입니다."

뱃사람들은 옥영의 말을 들은 후 불쌍히 여겨 닻을 내리고 세 사람을 배에 태워 주었다.

"이 배는 통제사[84]의 무역선입니다. 기한 안에 정해진 일을 수행해야 하니 원하는 곳에 데려다줄 수는 없다오. 육지에 닿는 대로 내려 줄 테니 갈 길을 찾아가시오."

배가 순천에 이르자 옥영 일행은 뱃사람들에게 수없이 절하며 사례하고 마침내 조선 땅을 밟을 수 있었다. 이때가 경신년(1620년) 4월이었으니, 중국 항주를 떠난 지 두 달 만의 일이었다.

옥영은 조선 땅에 낯선 아들과 며느리를 이끌고 앞장을 섰다.

---

84 통제사(統制使) : 삼도 수군통제사. 임진왜란 때 충청도, 전라도, 경상도 삼도의 수군을 통솔하던 수군의 가장 높은 벼슬

대엿새가량을 고생하며 걸어 마침내 남원에 도착하였다. 이십 년 넘게 떠나 있었건만 어제 본 풍경처럼 가는 곳마다 정다운 고국산천이었다.

'산이며 들은 옛 모습 그대로인데 그리운 가족들은 모두 세상을 떠났겠지.'

옥영은 끔찍했던 전쟁의 기억을 떠올리며 몸서리를 쳤다.

'그래도 살던 집터에나 가 보아야겠다.'

집으로 가기 위해 만복사 쪽으로 방향을 잡았다. 금석교에 이르러 주위를 둘러보니 성곽이며 마을이 예전 모습 그대로였다. 전쟁이 언제 있었냐는 듯 사람들은 그 지붕 아래 그 모습으로 살고 있었다.

옥영은 아들 내외를 돌아보면서 손가락으로 집 하나를 가리켰다.

"저기, 저 집이 보이느냐? 저곳이 네 아버지가 사시던 집이란다. 내가 시집을 와서 네 형을 낳은 집이다. 지금은 어느 누가 살고 있는지 모르겠다만, 아무튼 저 집으로 가서 며칠 묵게 해 달라고 청해 보자꾸나. 우리 사연을 들으면 설마 문전박대야 하겠느냐?"

옥영 일행은 설레는 마음으로 그 집 대문 앞에 이르렀다. 조심스레 마당을 들여다보니 눈에 익은 버드나무 아래 사람들이 모여 앉아 담소를 나누고 있었다. 그 중 한 사람의 시선이 대문 밖을 서성거리던 옥영 일행의 눈과 부딪혔다.

순간 옥영과 몽선, 홍도 모두 얼음처럼 굳어 버렸다. 그리고 이내 누가 먼저랄 것 없이 한꺼번에 울음을 터뜨렸다. 그들과 눈이 마주친 사람은 다름 아닌 최척이었다.

최척 또한 놀라기는 마찬가지였다. 방금 전까지도 사돈과 함께 머리를 맞대고 데려올 방도가 없을까 의논하던 항주의 가족이 눈앞에 나타난 것이다.

얼떨떨한 것도 잠시, 최척은 고함을 치듯 울며 대문 밖으로 달려 나갔다. 그리고 서로 부둥켜안았다.

최척은 마당으로 들어서며 집 안의 사람들에게 고래고래 소리를 질렀다.

"아버님, 몽석 어미가 왔습니다. 몽석아, 어서 나오지 않고 뭐하느냐?"

몽석은 제 귀를 의심하며 맨발로 엎어질 듯 달려 나왔다. 몽석이 워낙 어렸을 때 헤어진 탓에 서로 떨어져 있을 땐 그리워하면서도 얼굴이 가물가물했는데, 막상 얼굴을 마주 대하고 보니 누가 무어래도 제 어머니요, 제 아들이었다. 최숙도 며느리와 손자를 맞으러 노구[85]를 이끌고 마당으로 내려왔다.

남편과 아내, 부모와 자식 형제, 시아버지와 며느리가 서로 손을 잡고 얼굴을 쓰다듬다가 다시 부둥켜안고 눈물이 마르도록 울었다. 몽석은 어머니의 손을 잡아끌고 방 안으로 들어갔다.

---

85 노구(老軀) : 늙은 몸

방 안에는 제대로 보고 듣지도 못하는 심씨가 병으로 몸져누워 있었다.

"할머니, 누가 왔나 좀 보십시오. 어서 좀 일어나 보세요."

심씨는 딸이 살아 돌아왔다는 말에 자리에서 벌떡 일어나 앉았다. 그러나 너무 놀란 나머지 기가 막혀 숨을 제대로 쉬지 못하고 기절하고 말았다.

옥영이 심씨를 부둥켜안고 갖은 정성을 다하여 보살피니 얼마 뒤에 숨을 쉬며 혈색이 돌아왔다.

한편, 최척은 진위경을 불러내었다.

"이 사람이 내 며느리라오. 사돈, 따님 얼굴을 기억하시겠습니까?"

진위경의 붉어진 눈에도 그렁그렁 눈물이 고였다. 최척은 홍도에게 그동안 있었던 일을 아버지께 이야기해 드리라고 했다.

온 집 안의 사람들이 저마다 제 부모와 제 자식을 붙들고 울부짖으니, 그 소리가 고을 전체를 울렸다. 이웃 사람들이 구름처럼 몰려들어 이 광경을 바라보았다.

처음에는 모두 의아하게 여겼으나, 옥영과 홍도가 겪은 일의 자초지종을 듣고 나서는 무릎을 치면서 감탄했다. 최척 집안의 이야기는 순식간에 퍼져 온 고을에 모르는 사람이 없을 정도가 되었다.

감격에 들떠 있던 마음을 가라앉힌 며칠 후 옥영은 최척에게 말했다.

"우리에게 오늘의 행복이 있는 건 모두 만복사 부처님의 보살핌 덕택입니다. 부처님이 매번 꿈속에 나타나 말리지 않았더라면 저는 이미 이 세상 사람이 아닐 것입니다. 들리는 말로는 만복사의 불상이 절과 함께 훼손되었다더군요. 그래서 사람들이 의지하고 싶은 마음이 있어도 어디 빌 곳이 없답니다. 우리가 그 은혜에 보답할 길을 찾아야 하지 않겠습니까?"

최척 또한 아내의 말에 공감했다.

두 사람은 아들과 며느리들을 이끌고 정성스럽게 제물을 갖추어 만복사로 가서 불공을 드렸다.

이후로 최척과 옥영은 위로 부모님을 봉양하고 아래로 아들과 며느리를 보살피면서 남원 서문 밖의 옛집에서 행복하게 살았다. 진위경도 홍도에게 의지하여 최척의 집에 함께 살면서 동고동락86 하였다.

아! 아버지와 아들, 남편과 아내, 시아버지와 장모, 형과 아우가 네 나라로 흩어져 삼십 년 가까이 만나지 못하고 서글프게 서로를 그리워하다니. 적의 땅에서 살기를 도모하고 삶과 죽음의 경계를 넘나들다가 마침내는 단란한 가정으로 모여 모든 소원을 이루었으니, 이것이 어찌 사람의 힘으로만 이룰 수 있는 일이겠는가? 필

---

86 동고동락(同苦同樂) : 괴로울 때나 즐거울 때나 항상 함께함.

시 하늘과 땅이 그들의 지극한 정성에 감동하여 이토록 기이한 일을 이루어 준 것이리라. 하늘도 한 여인의 간절한 마음을 외면하지 못하는구나!

내가 남원 주포에서 떠돌이 생활을 하고 지낼 때 최척이 찾아와 자신의 사연을 말해 주더니, 그 전말을 글로 써서 사라지지 않도록 해 달라고 부탁했다. 최척의 부탁을 사양할 수 없어 대략 그 줄거리만을 이렇게 기록하였다.

신유년(1621년) 윤이월87, 소옹88 씀.

---

87 윤이월(閏二月) : 윤달인 2월을 이르는 말
88 소옹(素翁) : 이 글의 작가인 조위한(趙緯韓)을 가리킨다. 조위한은 소옹(素翁), 현곡(玄谷) 등의 호를 썼다.

최척전

작품 해설

「최척전」 꼼꼼히 들여다보기

1. 최척 일가의 수난사, 네 나라의 국경을 넘나드는 광활한 상상력

「최척전」은 조선, 중국, 일본, 베트남 등 동아시아의 네 나라를 공간적 배경으로 삼고 있는 매우 이채로운 작품이다. 게다가 각 지역에서 제각각 전개된 인물들의 삶이 삼십 년에 가까운 시간의 흐름과 특별한 공백 없이 촘촘하게 맞물려 있다.

웬만큼 조심성 있는 작가가 아니라면 고전 소설에서 연대와 시간의 착오는 흔히 발생하는 오류이다. 그러나 「최척전」의 서사는 철저히 계산된 시간표 아래에서 전개된다. 아마도 그것은 전쟁 등 선명한 역사적 사건이 부분 부분의 변곡점으로 작용하고 있기 때문일 것이다.

아! 아버지와 아들, 남편과 아내, 시아버지와 장모, 형과 아우가 네 나라로 흩어져 삼십 년 가까이 만나지 못하고 서글프게 서로를 그리워하다니. 적의 땅에서 살기를 도모하고 삶과 죽음의 경계를 넘나들다가 마침내는 단란한 가정으로 모여 모든 소원을 이루었으니, 이것이 어찌 사람의 힘으로만 이룰 수 있는 일이겠는가? 필시 하늘과 땅이 그들의 지극한 정성에 감동하여 이토록 기이한 일을 이루어 준 것이리라. 하늘도 한 여인의 간절한 마음을 외면하지 못하는구나!

조선 백성으로 조선 땅에 살던 본래의 시공간을 제외하면 전쟁에 의해 헤어진 부부가 일시적으로 머무르는 공간이 우선적으로 배경의 확장에 기여한다. 최척은 자발적으로 중국행을 결정하고, 옥영은 왜적에게 끌려 일본으로 가게 된다. 남은 가족은 천행으로 살아남아 조선에 머무른다.

중국과 일본에서 생활하던 부부는 우연히도 만 리 밖 바다를 건넌 이국 땅에서 서로 만난다. 그곳이 바로 지금의 베트남인 '안남' 땅이다.

경자년(1600년) 봄이었다. 최척은 송우와 동행하여 장사꾼의 배를 타고 이곳저곳으로 다니다가 안남에 이르게 되었다. 마침 최척의 배가 정박해 있는 포구에는 일본 배 십여 척도 와서 머물고 있었다.

사실 조선 내에서도 백 리 혹은 천 리를 자유롭게 다닐 엄두를 내지 못했던 시대였다. 교통수단이 지금처럼 발달하지 못해서이기도 하지만, 그보다 우리 민족은 객지 혹은 타향을 선천적으로 두려워하는 농경 사회인이었기 때문이다.

조선인 최척과 옥영은 재회한 이후 고향으로 가지 못하고 최척의 임시 거주 공간인 중국으로 돌아간다. 그러나 그곳이 마치 최종적 정착의 공간인 것처럼 둘째 아들을 낳고 길러서 며느리까지 얻는다. 며느리는 중국인이니 말하자면 국제결혼이다.

이후 최척이 명나라 군대의 일원으로 참전했다가 첫째 아들을 만나 조선 땅으로 귀환하고, 옥영 또한 거친 바다를 항해한 끝에 조선으로 돌아와 가족들을 만난다.

물론 이렇게 짧은 요약으로는 그들이 겪은 일들이 얼마나 참혹하고 고통스러웠는지를 짐작조차 할 수 없지만, 무엇보다도 동아시아 전체로 확장된 광활한 공간적 상상력과 30년 민족사를 장악하고 아우르는 통시적89 역사의식은 「최척전」을 여러 고전 소설들 가운데 단연 이채롭게 만드는 뚜렷한 특징이라 하지 않을 수 없다.

내가 남원 주포에서 떠돌이 생활을 하고 지낼 때 최척이 찾아와 자신의 사연을 말해 주더니 그 전말을 글로 써서 사라지지 않도록 해 달라고 부탁했다. 최척의 부탁을 사양할 수 없어 대략 그 줄거리만을 이렇게 기록하였다.

---

89 통시적(通時的) : 시간의 경과에 따라 나타나는 사물의 변화와 관련되는 것

「최척전」의 결말은 위 인용문처럼 이 작품이 창작이 아닌 실기[90]임을 주장하는 작가 서술자의 말로 처리되어 있다. 이를 근거로 하여 최척이 실존 인물인지 아닌지를 따지거나 최소한 항간에 떠도는 이야기를 채록한 것이리라 주장하는 것은 물론 일말의 진실에 다가가기 위한 노력으로 볼 수 있다.

하지만 남에게 들었던 일, 실제 있었던 일을 요약하여 기록한 것이 사실이라고 하더라도, 다수의 인물이 각각 다른 자리에서 영위한 삶을 하나의 이야기로 통합하고 총체적으로 형상화한 솜씨는 나무랄 데가 없다.

2. 옥영과 홍도, 과감하게 판단하고 진취적으로 행동하는 여성 인물

이 작품에서 가장 눈에 띄게 형상화된 인물은 단연 옥영이다.

작품의 전반부를 최척과 옥영의 사랑과 결혼, 즉 애정 서사로 간주할 때, 작품의 후반부는 최척과 옥영의 고난과 극복인 수난의 서사로 규정할 수 있다. 전반부의 애정 서사에서 최척과 옥영이 서로 만나고 연정을 품게 되는 계기가 남성인 최척이 아니라 전근대적 봉건 사회를 살아가는 여성 옥영의 손으로 이루어지는 것은 특기할 만하다.

---

90 실기(實記) : 사실을 있는 그대로 적은 기록

"제가 직접 나서서 말할 일이 아닌 줄 압니다. 하지만 결혼이란 워낙 중대한 일생의 문제가 아닙니까. 수줍게 삼가는 태도를 지키고 있을 수 없었습니다. 묵묵히 입 다물고 있다가 끝내 용렬한 사람에게 시집가서 일생을 망치기는 싫었으니까요. 한 번 깨진 시루는 다시 붙일 수 없고, 한번 물들인 실은 다시 하얗게 되돌릴 수 없다지 않습니까? 울어 봐야 소용없고 후회해도 돌이킬 수 없는 일이지요. 더욱이 제 처지는 다른 사람과 달라서 집에는 든든한 아버지가 계시지 않고, 왜적의 무리가 지척에 있습니다. 진실하고 믿음직한 사람이 아니라면 어떻게 우리 모녀의 몸을 의지할 수 있겠어요? 그러니 저는 적극적으로 나설 수밖에 없습니다. 직접 나서서 배필 고르는 일을 피하지 않겠어요. 깊은 규방에 숨어서 남이 중매를 서 주기만 기다리다가 일을 그르치기는 싫어요. 게다가 좋은 상대를 눈으로 본 터에 마냥 바라만 보다가 놓칠 수는 없습니다."

　자신의 배우자 후보를 스스로 정하고 비밀 편지까지 직접 전하는 옥영의 모습은 당대의 기준으로 볼 때 매우 파격적인 것이다. 그리고 이후에도 혼인에 이르기까지의 난관을 능동적으로 돌파하는 인물은 최척이 아닌 옥영이다.
　옥영은 어머니 심씨의 반대를 눈물의 설득으로 돌려놓고, 전장에 나간 최척이 돌아오지 않는 위기 상황에도 죽음으로 대항하여 파기될 뻔한 혼사를 원상회복시킨다. 이를 정혼한 남성에 대한 전근대적인 정절 의식으로만 치부할 수는 없다. 부모의 반대와 외적 악조건을 모두 무릅쓰고 자신의 사랑을 지키려는 옥영의 행동은 근대적인 것으로 평가받아 마땅하다.

홍도는 이모에게 중매를 부탁하며 말했다.

"제 평생소원을 이모님께서도 알고 계시지요? 꼭 한 번 조선으로 가서 가슴에 맺힌 한을 풀고 싶습니다. 최씨 댁 며느리가 되면 조선으로 갈 방도가 생길지 누가 알겠습니까? 최씨는 조선 사람이라면서요."

홍도의 이모는 홍도의 품은 원한과 절실한 바람을 본래부터 알고 있었으므로, 그 즉시 최척의 집에 가서 사연을 전했다. 최척과 옥영 부부는 홍도의 사연을 전해 듣고 매우 기뻐했다.

홍도는 중국에서 만난 이웃집 처녀인데, 그에게서도 옥영을 방불케 하는 진취적이고 능동적인 성격을 발견할 수 있다. 몽선과 홍도의 결혼 과정에서도 주도적으로 먼저 행동하는 인물은 몽선이 아니라 홍도이다. 물론 여기에서도 홍도의 결심이 효도라는 전근대적 가치에 매여 있는 것이기는 하다. 그러나 홍도의 적극성은 이후 결혼 생활 과정에서도 몽선에 비해 돋보이는 것을 무시할 수 없다.

「최척전」의 후반부, 즉 수난의 서사에서도 여성 인물들의 활약은 남성 인물들에 비해 선명하게 드러난다. 최척이 중국에서 꾸린 가정에서 이탈하여 다시 전장에서 고통받는 상황은 외적 조건에 의한 수동적인 대응이다. 또한 이것은 최척을 먼저 조선으로 되돌려 보내 조선의 최씨 일가와 상봉시키려는 작가의 전략이기도 하다.

이후 중국에 남은 가족이 조선의 가족과 최종적 상봉을 하는 과정은 최척이 아닌 옥영에 의해 주도된다. 이는 주어진 상황에 대한 수동적인 대응이 아니라 온갖 악조건을 스스로의 힘으로 돌파하려는 능동적 행위이다.

"나는 고국으로 돌아가 네 아버지를 찾아봐야겠다."

몽선과 홍도는 자신들의 귀를 의심했다. (…중략…) 옥영은 충분히 예상하고 있었다는 듯이 말을 계속했다.

"네 아버지가 만일 전장에서 돌아가셨다면 직접 요양 땅을 헤매어서라도 시신을 찾고 원혼을 위로한 뒤 선산에 장사 지내 드려야 하지 않겠느냐? (…중략…) 나도 점점 나이를 먹고 죽을 날이 다가오니 고향 생각이 갈수록 간절하구나. 시아버지와 홀어머니, 어린 아들을 난리 통에 모두 잃고 그 생사조차 알 수 없는 처지 아니냐? 그런데 얼마 전에 일본 상인에게 듣자니, 왜란 때 포로로 잡혀갔던 조선 사람들이 속속 송환되고 있다고 한다. 그것이 사실이라면 살아 돌아온 사람 중에 우리 가족이 없으라는 법도 없다. (…중략…) 친척이라도 만날 수 있다면 이 또한 다행한 일 아니냐?"

최척과 마찬가지로 남성 인물인 아들 몽선은 어머니의 과감한 결단을 무모한 것으로 파악하고 만류한다. 물론 그것은 객관적이고 논리적인 상황 이해에 따른 것이다. 그러나 결국 어머니의 결단을 되돌리지 못하고 묵묵히 출항 준비를 하는 모습으로 그려진다.

몽선이 조선으로 향하는 항해에 불안을 그치지 못하는 것에 비하면 그의 배우자 홍도는 과감하고 의연하게 행동하는 여성으로서, 옥영의 서사적 성격을 나누어 부여받은 인물이라고 할 만하다. 그 시어머니에 그 며느리인 셈이다.

"여보, 어머님 말씀을 거역하지 마세요. 어머님께서 어렵히 깊이 생각하시고 결정하신 일이겠어요? 이치에 맞는 일이라면 어려움을 따질 필요가 없습니다. 평탄한 곳에 산다고 해서 무조건 안전하리라는 법이 있겠어요? 준비를 차곡차곡 하고 좋은 시절에 떠난다고 해서 뱃길에 아무 위험이 없을 리는 없지요. 물과 불, 도적의 위험은 어느 때, 어느 곳에나 있는 것이니 그것이 두려워 피하려고만 한다면 아무 일도 못 하게 될 것입니다."

두려움 없이 거친 파도에 맞서는 두 여성의 호활한[91] 모습은 이후 가족 상봉에 이은 안락한 가정 복원의 과정에서 급격히 위축되고 만다. 이들은 다시 효심이 지극한 딸과 며느리, 남편을 섬기는 아내로서의 역할에 충실하게 될 것이다. 그러나 고난과 위기의 상황에서 드러나는 이들의 진취적인 성격은 이후의 소설사에서 주체적인 여성 인물로 다시 태어나게 될 일종의 씨앗 혹은 어린 싹으로 기억될 만하다.

3. 만복사 부처, 전기적 상상력의 잔재

대개의 고전 소설, 특히 애정 서사를 주로 하는 작품들은 그 안에 전기적(傳奇的) 요소를 포함하고 있다. 주인공들의 애정 전선에 문제가 생기거나 조력자가 필요한 위기 상황에 빠졌을 때 특히 두드러진다.

고전 소설 작품 속의 전기적인 상상력은 사건 전개 과정에서의 우연성을 부각시키는 계기이기도 하다. 개연성과 필연성을 갖춘 작품 세계에 익숙한 근대 소설의 독자들에게 우연성이 남발되는 전대 소설의 장면들은 초보적이거나 미숙한 작법의 소산으로 이해될 수도 있다.

---

91 **호활(豪活)하다** : 호방하고 쾌활하다.

「최척전」은 당대의 평균적인 소설에 비해 우연성의 요소를 제한하고 사건 간의 인과율을 꼼꼼히 살핀 사실적 작품으로 평가된다. 그럼에도 불구하고 일부 전기적인 요소를 포함하고 있는데, 옥영의 꿈에 나타나는 만복사 부처의 존재가 그것이다.

남원 만복사의 부처가 처음 작품에 나타난 때는 자식이 없어 최척과 옥영 부부가 걱정하고 있을 때이다.

갑오년(1594년) 정월 초하루에도 어김없이 두 사람은 만복사에 가서 대를 이을 아들을 점지해 주십사 불공을 드렸다. 그날 밤 옥영은 꿈을 꾸었는데, 부처님이 나타나 말했다.

"나는 만복사의 부처니라. 너희의 정성이 갸륵하여 훌륭한 사내아이를 점지해 주려 한다. 아이가 태어나면 반드시 특이한 징표가 있을 것이다."

이를테면 이들 부부 사이에서 몽석이 태어날 것임을 암시하는 태몽 속에 부처가 등장한 것이다. 꿈에 부처를 보았다는 뜻으로 아들의 이름까지 '몽석(夢釋)'으로 지은 부부이니 이후에도 부처가 꿈속에 나타날 때마다 그 가르침을 받들고 따르는 것은 자연스럽다.

이후의 만복사 부처 출현은 둘째 아들 몽선의 태몽을 제외하면 대개 옥영의 위기 상황에서 이루어진다. 절망하여 스스로 목숨을 끊으려는 순간마다 부처가 나타나는 것이다. 부처의 존재가 없었다면 옥영은 일본에서 죽을 수도, 중국에서 죽을 수도 있었다. 그랬다면 이들 부부의 파란만장한 수난의 서사시는 불완전하게 마감되었을 것이다.

"나는 만복사의 부처니라. 몸을 삼가 죽지 않도록 하라. 그러면 후에 반드시 기쁜 일이 있을 것이다."

옥영의 위기 상황에서 현몽92한 부처의 말은 매번 어김없이 똑같다. '죽지 말라는 것', '나중에 좋은 일이 있으리라는 것' 두 마디이다. 그때마다 옥영은 절망에서 벗어나 살아갈 힘을 되찾는다. 그러나 이마저도 옥영의 간절한 의지 때문에 생긴 일로 볼 수 있을 것이다.

꿈의 내용이 현실의 인물에게 영향을 끼친 것은 사실이지만 꿈 속의 존재와 사건이 현실의 상황과 뒤섞이거나 서로 간섭하고 있다고는 여겨지지 않기 때문이다.

따라서 「최척전」의 일부 전기적인 부분은 작품의 뛰어난 사실주의적 작법에 크게 영향을 끼치지 못하는 제한적 요소라고 해야 할 것이다.

---

92 현몽(現夢) : 죽은 사람이나 신령이 꿈에 나타남.

4. 전란에 의한 가족 이산과 천신만고 끝의 상봉

16세기 말과 17세기 초의 한반도와 그 주변은 전란의 소용돌이에 휩싸여 있었다. 1592년에 임진왜란이, 1597년에는 정유재란이 일어났다. 이 두 전쟁에 이어 1619년에는 후금과 명의 부차전투93가 있었다. 중국 전체의 판도가 명나라에서 청나라로 기우는 계기가 된 부차전투는 명나라와 후금의 싸움이었으나, 명의 요청에 의해 조선군이 파견되었으므로 우리 백성의 삶에도 적지 않은 영향을 끼쳤다.

위와 같은 한반도 정세가 「최척전」의 시대적 배경으로 설정되어 있다. 「최척전」의 서두 부분에서부터 최척의 아버지 최숙의 대화 지문을 통해 전쟁이 언급되어 있다. 이때의 전쟁이란 곧 임진왜란이다.

---

93 **부차전투(富車戰鬪)** : 1619년(광해군 11년) 조선과 명의 연합군이 만주의 부차에서 후금의 군대와 싸우다가 패배한 전투. 임진왜란 뒤 여진족의 추장 누르하치가 1616년 만주에서 후금을 건국한 뒤, 명나라의 변경을 자주 침략했다. 그러자 명나라는 날로 강대해지는 후금을 치기 위해 만주로 출병하면서 조선에 원병을 요청했다. 광해군은 내키지 않으나, 명분상 거절할 수 없어 1618년에 강홍립(姜弘立)을 도원수로 삼고 1만여 명의 군대를 출병시켰다. 이때 강홍립에게 형세를 보아 이후의 향배를 결정하라는 비밀 지시를 했다. 이듬해 3월 명나라 군대가 후금 군대와 접전을 벌였으나 모두 대패했고, 뒤이어 북상하는 조명연합군이 부차에서 패하였다. 이에 강홍립은 광해군에게 받았던 밀지에 따라 후금 측에 조선의 출정은 본의가 아니었음을 알리며 항복했고, 이에 후금은 조선에 대한 보복 행동을 하지 않았다. 즉, 광해군이 새로운 국제 정세에 대처해 가는 외교 정책을 추진했으므로 후금의 조선 침략을 막을 수 있었던 것이다.

"네가 공부는 하지 않고 어설픈 무리들과 어울려 다니니, 나중에 아비 얼굴에 먹칠하는 사람이나 되지 않을까 걱정이다. 더구나 지금이 어떤 시절이냐? 나라에 전쟁이 나서 고을마다 군사들을 모으고 다니는 판인데, 그렇게 사냥이나 하고 다니니 누가 봐도 너부터 징발하려 할 것이다. 이제 아비도 늙어 점점 힘이 떨어져 가는데, 누구를 믿고 살아야 할지 한심할 지경이다. 이제부터라도 책상머리에 앉아 글을 읽고 과거 공부에 힘쓴다면 비록 급제는 하지 못할지언정 전쟁터에 끌려가는 일은 면할 수 있을게 아니냐?"

최숙의 걱정과 꾸지람은 아들 최척이 공부에 태만하기 때문만은 아니다. 호탕한 성격의 최척이 말을 잘 타고 무기를 능숙하게 사용하는 것을 주변 사람들이 아는 이상 전쟁에 동원될 가능성이 높다는 판단 때문이었다.

실제로 최숙의 이러한 걱정은 부질없는 것이 아니었다. 아버지의 권고에 정 생원을 찾아 공부를 시작한 최척은 스승의 조카와 사랑에 빠지게 되는데, 결혼을 얼마 앞두고 군사로 차출되어 출정하게 된 것이다

최척과 옥영이 단꿈에 빠져 혼인 날짜를 기다리고 두 집안이 예식 준비에 여념이 없을 때 뜻밖의 일이 닥쳐왔다. 남원 사람으

로 참봉 벼슬을 지냈던 변사정이 의병을 일으켜 영남 지역으로 왜적과 싸우러 가는데, 최척을 군사로 차출한 것이었다.

최척이 활쏘기와 말 타기에 능하다는 것은 이미 소문이 쫙 퍼졌으므로 모르는 사람이 없었다. 선비 된 도리로 따져 보아도 나라를 구하는 일에 사사로운 핑계를 댈 수는 없는 일이었다. 최척은 꼼짝없이 전쟁터로 향해 갈 수밖에 없었다.

임진왜란의 불길은 최척의 고향인 남원 땅에도 어김없이 닥쳐왔다. 최척이 전쟁터로 향한 후 옥영의 어머니 심씨는 또 다른 혼처를 구하고, 이에 옥영은 자결 시도로써 저항한다. 죽음을 불사하고 혼사가 뒤집어질 위기를 극복한 옥영의 사랑 때문에 최척은 전쟁터에서 돌아올 수 있었다. 이처럼 작품 속에서 임진왜란은 최척과 옥영 사이를 최초로 갈라놓은 장애물로 기능한다.

이후 1597년 정유재란은 최척 일가를 뿔뿔이 흩어지게 만드는, 가족 이산의 계기로 설정되어 있다. 왜적의 폭력과 약탈을 피해 피란을 간 곳에서 수많은 남원 백성이 죽음을 당하고, 최척은 아내 옥영과 아들 몽석, 아버지와 장모를 모두 잃어버린다. 가족들의 생사는 분명치 않으나, 실의에 빠진 최척은 중국인을 따라 국경을 넘는다.

중국에서 생활하던 최척은 일본인을 따라다니던 옥영과 우연히 베트남에서 재회한다. 최척은 옥영을 데리고 자신이 살던 중국으로 향한다. 그곳에서 둘째 아들 몽선을 낳아 기르고 며느리까지 얻는 동안 20여 년의 세월이 흐른다. 그런데 최척은 다시 예상치 못한 전쟁의 소용돌이 속으로 빠져든다.

해가 바뀌어 기미년(1619년)이 되었다. 누르하치가 요양을 침략하여 여러 고을을 연이어 함락시키고 수많은 명나라 군사들을 전사시켰다. 명나라의 황제는 크게 노하여 온 나라의 병사를 모아서라도 기필코 누르하치 세력을 토벌하려 했다.

이때 소주 출신의 오세영이라는 사람이 교 유격의 백총으로 출전하게 되었다. 오세영은 일찍부터 여유문과 친분이 있었다. 그는 여유문으로부터 최척이 지혜롭고 용맹한 사람이라는 이야기를 들었다. 그래서 최척을 발탁하여 군중의 서기로 삼았다.

최척은 다시 먼 길을 떠나게 되었다.

1619년의 부차전투는 기적적으로 만난 부부를 다시 갈라놓는다. 대신 최척은 중국군의 일원으로 참전했다가 조선군으로 위장하여 죽음의 위기를 넘기고, 뜻밖의 기회에 중국이 아닌 조선으로 귀환하게 된다.

이 과정에서 조선 군사로 출정한 아들 몽석을 만나고 궁극적으로는 남원의 일가족과 감격적으로 재회한다. 나아가 중국에 남겨둔 며느리 홍도의 부친까지 만난다.

결과를 놓고 보면 당찬 결심을 하고 먼 길을 떠난 옥영에 의해 모든 가족이 한자리에 모인다. 이들이 보여 준 반복된 헤어짐과 만남의 근저에는 전쟁이 놓여 있고, 작가의 전쟁 묘사와 시간적 배경 설정은 실제 역사를 방불케 할 정도로 정확하다.

5. 최초의 신소설 「혈의 누」94와 비교한다면?

「최척전」의 서사는 우리 신소설의 초창기 대표작 중 하나요, 최초의 신소설이라고도 여겨지는 이인직의 「혈의 누」와 여러 부분에서 닮아 있다. 우선 전쟁에 의한 가족 이산으로부터 감격적인 상봉에 이르기까지의 서사 전개가 그렇다.

최척은 하늘을 우러러 울부짖으며 정신없이 섬진강을 향해 달렸다. 섬진강으로 향하는 길 위에도 여기저기 시체들이 쌓여 있고 피비린내가 진동했다. 그렇게 몇 리쯤 지났을 때 어지러이 쌓

---

94 혈의 누 : 국초(菊初) 이인직(李人稙)의 대표적 신소설로, 상편은 1906년 7월 22일부터 같은 해 10월 10일까지 50회에 걸쳐 『만세보(萬歲報)』에 장편 소설로 연재되었고, 하편에 해당하는 「모란봉(牡丹峰)」은 1913년 『매일신보』에 연재되다가 미완성으로 끝났다. 1907년 광학서포(廣學書舖)에서 단행본으로 발행되었다. 이 작품의 출현을 계기로 소설의 형식과 내용에 있어서 적으나마 고대 소설의 격식에서 벗어나 근대 소설 영역에 접근할 수 있게 되었다. 그러나 고대 소설의 문체를 탈피하지 못한 부분이 빈번하고, 구성이나 이야기의 전개 방법이 미숙한 점 등 초기 신소설의 공통된 취약점이 엿보이기도 한다.

인 시체 더미 속에서 실낱같은 신음 소리가 들려왔다. (…중략…)

"너 춘생이 아니냐?"

최척의 목소리에 축 늘어져 있던 춘생은 힘겹게 고개를 돌리며 눈을 부릅떴다. (…중략…)

"주인님, 이를 어쩌면 좋아요. 식구들 모두 왜적에게 잡혀서 끌려갔답니다. 저는 몽석 아기씨를 등에 업고 도망하는데, 빨리 달릴 수가 없어 뒤쫓아 온 적병의 칼을 맞았어요. 그렇게 쓰러졌다가 반나절 만에 겨우 정신이 들었지만, 등에 업고 있던 몽석 아기씨는 그새 없어져 버렸습니다."

춘생은 말을 마치고 기운이 다했는지 이내 숨이 끊어지고 말았다.

최척은 주먹으로 가슴을 치고 발을 구르더니 억울함과 슬픔에 복받쳐 그만 정신을 잃고 쓰러졌다.

피란지에서의 참상을 묘사한 「최척전」의 장면이다. 이와 유사하게 이인직의 「혈의 누」는 청일 전쟁의 묘사로 서두를 삼고 있다. 총알이 빗발치는 전쟁터에서 옥련의 가족은 뿔뿔이 헤어진다. 옥련의 어머니는 조선에 남고, 옥련은 일본으로, 옥련의 아버지 김관일은 미국으로 흩어지는 것이다. 최척의 아버지와 옥영의 어머니가 조선에 남고, 최척은 중국으로, 옥영은 일본으로 뿔뿔이 흩어지는 상황과 다를 바가 없다.

이 과정에서 「최척전」의 옥영이 왜군 병사요, 뱃사람인 돈우를 만나 도움을 얻는 것은 「혈의 누」의 옥련이 일본 군의관 이노우에의 도움으로 목숨을 건지고 양육되는 부분과 오버랩 된다.

　한편, 옥영은 왜적에게 붙잡혀 있었다. 옥영을 붙잡은 돈우라는 이름의 늙은 병사는 본디 인자한 성품을 지녔으며, 살생을 꺼리는 불교 신자였다. (…중략…)

　돈우는 영특하고 민첩한 옥영이 마음에 들었다. (…중략…) 만약 안심하고 달아나지만 않는다면 곁에 두고 친구처럼, 식구처럼 지내려는 것이었다.

　하지만 옥영은 스스로 목숨을 끊으려고 몇 번이나 배에서 몰래 빠져나와 바다로 뛰어들었다. 번번이 들켜서 뜻을 이루지 못하면서도 자살 시도를 반복하는 옥영을 보고 돈우는 안타까워했다. (…중략…) 돈우는 옥영이 여자라는 사실만은 전혀 눈치채지 못했다. 피란을 떠나기 전에 최척이 옥영에게 남자 옷을 입혔고, 이후 왜적에게 붙잡힐 때까지 계속 사내로 행세했기 때문이었다.

　이처럼 선량한 일본인 조력자의 형상을 제시하여 인도주의적 배려에 의한 주인공의 위기 극복과 이후에 전개될 난관을 헤쳐 나갈 기본적 자질을 습득하는 계기로 삼은 것은 「최척전」과 「혈의 누」의 뚜렷한 공통점이다.

옥영이 항해술을 익히게 된 것, 옥련이 신학문의 세례를 받은 것은 모두 일본인의 도움에 의한 것이었다.

적극적이고 능동적인 여성 인물에 비해 남성 인물의 사태 파악이 철저하지 못한 점이나 무책임해 보이는 것 또한 두 작품의 공통점으로 거론할 수 있다. 「혈의 누」의 김관일은 전쟁의 폐허 속에서 가족이 모두 죽었으리라고 섣불리 판단한 끝에 홀로 훌쩍 미국으로 떠난다. 사내로서 견문을 넓혀 놓으면 나중에 도움이 될 것이라는 막연한 목표를 내세우는 것이다.

이는 최척의 다음과 같은 내면 진술을 통해서도 역력히 살펴볼 수 있다.

'기왕에 이렇게 된 것 이 넓디넓은 중국 땅의 명승지를 두루 돌아보아야겠다.'

최척 또한 가족의 생사를 모르는 상황에서 끈질기게 그것을 확인하려는 노력을 하지 않고 중국행을 택하며, 중국에서 의지하고 있던 사람이 세상을 떠나자 어쩌면 현실 도피적이고, 어쩌면 천진난만하기까지 한 유람의 길을 계획한다. 그동안 온갖 간난신고[95]를 겪고 있을 가족들은 생각조차 하지 않은 채 말이다.

---

95 간난신고(艱難辛苦) : 갖은 고초를 겪어 몹시 힘들고 괴로움

이와 같은 두 작품의 유사성은 과도기 양식으로서의 우리 신소설의 탄생이 결국 전대 서사 문학의 전통을 계승한 결과로 여겨져야 함을 웅변하는 근거라고 할 만하다.

주생전

권필

조선회화 신윤복 필 화조도

바람이 부는 대로

 중국 촉[1] 지역에 주씨 성을 가진 선비가
살았다. 그의 이름은 회(檜)이고, 자는 직경
(直卿), 호는 매천(梅川)이었다. 그의 집안은 원래 조상 대대로 전당[2]
이라는 곳에서 살았는데, 그의 아버지가 촉주 별가[3] 벼슬을 맡게
되면서부터 촉 땅으로 이사 와서 살게 되었다.

주생은 어려서부터 재주가 남다르고 총명해서 주위 사람들로부
터 천재라는 소리를 들었다. 셈을 잘하고 잇속에도 밝았지만, 글공
부 또한 누구에게도 뒤지지 않았다. 특히 시 쓰는 솜씨가 뛰어났
는데, 열여덟 살에는 태학[4]에 들어가 친구들의 존경과 부러움을

---

1 촉(蜀) : 역사적으로 중국 사천성(四川省) 지역을 가리키는 말이다.
2 전당(錢塘) : 현재 중국의 항주(杭州) 지역. 비단과 차의 생산지로 상업 교류가 활발
   했던 곳이다.
3 별가(別駕) : 주목(州牧)이나 자사(刺史)를 보좌하는 직책의 관리이다. 주목이나 자
   사가 군현(郡縣)을 순행할 때, 따로 수레를 타고 수행했기 때문에 이런 이름이 생겼
   다.
4 태학(太學) : 천자(天子)의 나라에서 관리하는 최고의 학부(學部)

한 몸에 받았다.

그러다 보니 주생 스스로도 자신의 식견에 대한 자부심이 있었다. 그러나 어찌 된 일인지 태학에서 수년 간 공부하면서도 과거 시험만 보면 번번이 떨어졌다. 한두 번은 그러려니 했지만, 삼 년을 내리 떨어진 이후엔 하늘 높은 줄 모르던 주생의 콧대가 여지없이 꺾여 버리고 말았다.

그 이후로도 매번 과거가 있을 때마다 급제자 명단에서 주회라는 이름은 찾아볼 수가 없었다. 무엇보다도 주위 사람들을 대할 체면이 말이 아니었다. 부모님이나 스승님께 죄송스러운 것은 물론이고, 함께 공부하던 동료들이 속으로 비웃을 것을 생각하면 얼굴이 화끈거렸다.

주생은 급제자 명단이 적힌 방 앞에서 고개를 떨어뜨리고 자신의 신세를 한탄했다.

'내가 언제부터 이렇게 초라해진 걸까? 어릴 적부터 무엇을 하더라도 누구보다 앞장을 서는 것이 당연하다고 여기지 않았나? 언제나 나를 부러워하고 허리를 굽히던 친구들이 모두 급제하여 벼슬길에 오르는데, 대체 무엇이 잘못된 것인가? 세상은 어찌 나만 몰라주는 걸까?'

생각할수록 자신의 재주를 알아보지 못하는 세상이 원망스러웠다. 그러다가 차츰 공부에 뜻을 잃고 있는 자신을 발견하는 것이었다.

'사람의 세상살이란 마치 티끌이 연약한 풀에 깃들어 있는 것이나 마찬가지다. 어찌 과거 시험에 합격하여 이름을 떨치는 것에만 급급해야 하겠는가? 그렇게 세상이 원하는 공부를 하다가 나 스스로의 가치를 잃어버리는 것은 또 얼마나 아까운 일인가? 따지고 보면 입신양명5이라는 네 글자야말로 아무 의미 없는 헛된 것이다. 출세? 세속적인 성공? 그런 것에 얽매여 삶을 낭비하다니 실로 내 청춘이 아깝구나!'

마침내 주생은 과거 공부를 그만두기로 결심했다. 그리고 손에 잡히는 대로 하고 싶은 일을 하고, 가고 싶은 곳으로 다니며 살기로 했다.

주생은 먼저 수중에 있는 돈을 헤아려 보았다. 그 중 절반을 떼어 적당한 크기의 배 한 척을 사고, 나머지 절반으로 이곳저곳 유람하며 장사를 할 물건을 사기에는 충분한 돈이 있었다. 물론 그 돈을 다 날린다고 아쉬워할 성격의 주생도 아니었고, 그렇다고 한꺼번에 재산 전부를 날릴 만큼 아둔한 주생도 아니었다.

물건을 싣고 배를 띄워 떠나기만 하면 먹고살기에 넉넉한 것은 물론 인생의 여유를 즐기기에 충분한 돈을 벌어들이는 것쯤은 자신이 있었다.

---

5 입신양명(立身揚名) : 출세하여 세상에 이름을 떨침

주생의 배는 잔잔한 물 위로 길을 내며 한 폭의 그림처럼 흘러갔다. 아침에 오[6] 땅에서 출발하여 저녁에는 초[7] 땅에 다다라 하룻밤을 묵는 등 미리 정해 놓은 곳 없이 닥치는 대로 노를 저었다.

　　마음이 동하면 바로 떠나고, 머무르는 곳이 좋으면 며칠 눌러앉기도 했다. 돈이 될 물건을 팔기도 하고, 필요한 물건을 사기도 하며 내일을 걱정하지 않고 살았다. 말 그대로 하늘의 뜬구름과도 같은, 자유로운 삶이었다.

　　어느 날 주생은 악양[8] 고을의 성 밖에 배를 매어 놓고, 그곳에 사는 나생이라는 친구를 찾아갔다. 나생 또한 주생처럼 재주가 뛰어난 선비였는데, 전부터 안면이 있었던 터라 반갑게 주생을 맞이했다. 두 사람은 즐겁게 술을 마시며 옛이야기로 시간 가는 줄 몰랐다.

　　후한 대접을 받고 즐겁게 놀다 보니 주생은 술에 많이 취해 버렸다.

　　"이제 그만 배로 돌아가야겠네."

　　주생의 말에 나생은 친구의 소매를 잡아끌었다.

---

6 오(吳) : 현재 중국의 강소성(江蘇省) 일대
7 초(楚) : 현재 중국의 호남성(湖南省)과 호북성(湖北省) 일대
8 악양(岳陽) : 중국 호남성(湖南省) 북부에 있는 도시. 빼어난 경치로 유명하며 악양루 등의 명승지가 있다.

"곧 밤이 될 터인데 하룻밤 묵고 내일 가게나."

하지만 주생은 고개를 저으며 기어코 일어섰다.

"빈 배를 성 밖에 묶어 놓았다네."

나생이 물었다.

"그럼, 이제 어디로 가려는가?"

주생은 껄껄 웃으며 대답했다.

"바람이 부는 대로 흘러가겠지. 내 인생에 정처가 있겠는가?"

그렇게 친구와 작별하고 배로 돌아왔을 때는 날이 이미 저물어 주위가 어두컴컴해져 있었다. 주생은 배를 물 한가운데 풀어놓은 채 삿대에 기대어 잠이 들었다.

저녁 달빛이 어두운 강물을 고요하게 수놓기 시작했다. 배는 바람과 물살을 따라 저절로 흘러서 빠른 속도로 내달렸다.

어디선가 절간의 종소리가 은은하게 들려왔다. 주생이 술에서 깨어 눈을 떠 보니 이미 새벽이 되어 있었다. 달은 서쪽으로 많이 기울었고, 뽀얀 새벽안개가 양쪽 강 언덕을 자욱하게 덮었다. 그 사이로 거뭇거뭇한 땅과 나무, 산의 모습이 간간이 보였고, 멀리 숲속에는 비단 초롱의 불빛이 붉은 난간에 드리워 놓은 푸른 주렴9 사이에서 은은히 빛나고 있었다. 이따금 인가의 희미한 불빛

---

9 주렴(珠簾) : 구슬 따위를 실에 꿰어 만든 발

도 눈에 띄었다.

모르는 사이에 어디까지 흘러온 것인지 궁금하여 새벽일을 하러 나온 농부에게 이곳이 대체 어디냐고 물어보니 '전당'이라는 답이 돌아왔다.

주생은 축축한 물안개의 기운을 온몸으로 느끼며 뱃전에 기대어 넋이 빠진 듯 중얼거렸다.

'고향이로구나!'

결국 이곳에 오기 위해 그 먼 길을 떠났던 것일까? 여기로 다시 돌아오려고 나는 그토록 헤매었을까?

만감이 교차했다. 새벽의 아련한 분위기가 한껏 기분을 고조시킨 탓이었을까. 강호를 유람하는 선비는 흥에 취해 시 한 수를 지어 읊었다.

악양성 밖 배 위에서 모란 삿대에 기대었다가,
하룻밤 바람에 흘러 별천지로 들어섰네.
새벽녘 두견새가 울어 봄 달은 밝은데,
문득 놀라 깨어 보니 몸은 이미 전당에 와 있네.

배도와의 만남

어느덧 시야를 가리던 안개도 서서히 걷히고, 아침 태양이 찬란하게 대지를 비추기 시작하였다. 주생은 배를 대고 육지에 올라 고향 땅에 살고 있는 어릴 적 친구들을 찾아보았다. 하지만 뜻밖에도 많은 친구들이 젊은 나이에 이미 세상을 떠나고 없었다.

그들과 함께하던 추억을 돌이켜 보다가 슬픔과 외로움에 북받친 주생은 시를 읊으며 낯익은 고향 땅을 이리저리 배회했다. 풀한 포기, 돌멩이 하나도 그냥 보아 넘기기 어려웠고, 특별한 기억이 굽이굽이 서려 사무친 곳에서는 차마 발길을 돌리지 못하고 서서 한참을 머무르곤 했다.

며칠 동안 아는 이를 수소문하며 고향의 거리를 거닐던 주생은 어느 날 우연히 배도(俳桃)와 마주쳤다. 배도는 주생이 어렸을 때 함께 놀던 소꿉친구였는데, 그사이 재주와 용모를 모두 갖춘 이름난 기생이 되어 있었다. 전당에서는 이 아름다운 여인을 배랑이라고 부른다고 했다.

배도는 길 위에서 옛 소꿉동무를 만나자 잠시 당황하다가 이내 어린아이처럼 기뻐하며 주생을 자기 집으로 초대했다. 주생은 기꺼이 따라갔다. 두 사람은 방에 마주 앉자마자 끝없이 옛이야기 보따리를 풀어냈다. 어릴 적을 추억하다 보니 어느새 순진한 사내아이, 계집아이로 돌아간 것 같았다.

주생은 하던 이야기를 잠시 멈추고 머릿속에 떠오르는 대로 시를 한 수 읊었다.

하늘가 타향에서 몇 번이나 이슬에 젖었던가.
만 리 길을 돌아 고향에 오니 모든 것이 변해 있네.
오랜 친구 두추10만이 예전처럼 아름다우니,
작은 누각의 주렴 사이로 석양에 빛나네.

배도는 시를 다 듣고 얼굴을 환하게 밝히며 칭찬을 아끼지 않았다.

"당신의 재주가 이렇게 훌륭하니 어찌 다른 사람들이 감히 따라올 생각을 하겠습니까? 그런데 이 좋은 재주를 가진 분이 어째서

---

10 **두추랑(杜秋娘)** : 중국 당나라 때의 이름난 기생. 노래와 춤, 시와 문장에 능했으며, 15세에 자신이 지은 노래 「金縷衣」로 절도사 이기의 사랑을 얻어 첩이 되었다. 그가 피살된 후에는 젊은 헌종(憲宗)의 비(妃)가 되어 지극한 총애를 받기도 했다.

물 위의 부평초[11]나 하늘의 뜬구름처럼 정처 없이 떠돌게 된 것인 가요?"

주생은 오랜만에 만난 소꿉친구 앞에서 과거에 연달아 낙방한 일이나 입신양명의 꿈을 버리게 된 계기 같은 것을 구구히 설명하기는 싫었다. 그저 남들처럼 평범하게 사는 것에 염증이 난 정도로 알아주었으면 좋겠다고 생각했다. 그래서 그냥 빙긋이 미소만 띠고 아무 말도 하지 않았다.

잠깐 동안 주생을 물끄러미 바라보던 배도가 다시 물었다.

"결혼은 하셨습니까?"

주생은 멋쩍게 웃으며 대답했다.

"아직 하지 않았소. 이렇게 정처 없이 떠도는 나그네가 아내를 얻어 무얼 하겠소?"

배도는 속으로 기뻐하면서도 겉으로는 안타까워하는 표정을 지었다. 같이 있는 시간이 길어질수록 배도는 주생에게 호감을 느끼고 있었던 것이다.

"꼭 배로 돌아가셔야 할 이유가 있나요? 그게 아니라면 오늘부터 제 집에 머무르시는 게 어떻겠습니까?"

상대가 마음에 든 것은 주생도 마찬가지였다. 주생은 배도의 아

---

11 **부평초(浮萍草)** : 개구리밥과에 속한 여러해살이 물풀. 의지할 데가 없어 정처 없이 떠도는 신세를 비유적으로 이르는 말이다.

름다운 자태에 벌써부터 마음을 빼앗겨 버렸으므로 가지 말라는 말이 반가웠지만 역시 속마음을 들키고 싶지는 않았다. 그래서 슬쩍 사양해 보았다.

"말만이라도 고맙소. 하지만 내가 어떻게 염치없이 그렇게 해 달라고 하겠습니까."

배도는 슬쩍 눈을 흘기며 한 번 더 권해 보았다.

"혹시 압니까? 여기 계시다 보면 제가 낭군님께 아름다운 신붓 감을 구해 드리게 될지."

물론 배도의 속마음은 스스로 주생의 신부가 되고 싶은 것이었다.

지난 옛이야기를 주거니 받거니 하면서 한참을 두런두런 시간 을 보내다 보니 어느덧 날이 저물어 방 안이 어둑어둑해졌다.

"아니, 벌써 날이 이렇게 저물었네요. 먼 길에 피곤하실 텐데, 그동안 지낸 이야기를 주고받느라 시간 가는 줄도 몰랐군요."

배도는 어린 계집종을 불렀다.

"낭군께서 편히 계실 수 있도록 별실로 모셔라."

주생은 못 이기는 척하며 계집종을 따라갔다.

별실은 아늑하고 편안했다. 하지만 잠자리가 바뀌어서 그런지 잠은 쉬이 들지 않았다. 말똥말똥 뜬눈으로 천정의 무늬를 세어 보았다. 그것이 지겨워지자 이번에는 사방의 벽을 둘러보았다. 그 러다가 절구12가 씌어 있는 곳에서 시선이 딱 멈추었다.

비파로 상사곡13을 연주하지 마오.

곡조가 높아질수록 애간장이 끊어진다오.

꽃 그림자 주렴에 가득한데 나 홀로 앉아

얼마나 많은 봄날 밤을 홀로 보냈던가.

전에 읽어 본 적이 없는 시였다. 누군가 직접 지은 것을 끼적여 놓은 것 같았다. 소박하지만 아름다운 시심에 감동한 주생은 여종을 불러 물었다.

"이 시는 누가 지은 것이냐?"

"주인아씨가 지은 것입니다."

주생은 정신이 말똥말똥하여 쉽게 잠들지 못하고 이불 속에서 이리저리 뒤척거렸다. 이미 배도의 곱디고운 자태에 마음을 빼앗긴 터에 시를 짓는 재주 또한 뛰어난 것을 알게 되자, 그녀를 향한 마음이 점점 불같이 타올랐다.

'왜 배도는 많은 봄날 밤을 홀로 외롭게 보냈을까? 예전에 좋아했던 이를 아직 잊지 못해서였을까? 아니면 사랑하는 이를 아직 만나지 못했다는 것일까? 도대체 그녀의 시는 누구를 향한 마음을 쓴 것일까? 아니다, 아니다. 내가 직접 그녀의 마음을 한 번 떠봐야겠다.'

---

12 절구(絕句) : 한시체의 하나. 절구는 오인질구와 칠언절구로 구분된다. 기(起)·승(承)·전(轉)·결(結) 4구로 이루어진다.
13 상사곡(相思曲) : 남녀 사이의 사랑을 주제로 한 노래

주생은 배도의 글에 답하여 시를 한 수 지어야겠다는 생각을 했다. 배도의 마음을 확인해 보려는 것이다. 하지만 스스로 마음을 종잡을 수 없어 글이 잘 써지지 않았다.

썼다 버리고 썼다 버리면서 구겨 버린 종이만이 방 안을 가득 채웠다. 주생은 끝내 시를 완성하지 못하고 벌렁 뒤로 누워 버렸다. 밤은 깊어 창문에 달빛이 드리웠다. 달빛을 받아 창가에 피어난 꽃 그림자가 꽤나 운치 있었다. 모든 것이 주생의 뒤숭숭한 마음을 더욱 뒤흔드는 것만 같았다.

그때였다. 문밖에서 두런두런하는 사람의 목소리와 '히히힝' 하는 말 울음소리가 들려왔다. 그 소리는 들리는가 싶으면 금방 사라지곤 해서 주생은 모든 신경을 곤두세워 엿들으려 했지만 잘 들리지 않았다.

'밖에 무슨 일이 있는가?'

주생은 매우 궁금했지만 그 연유를 알 수 없어 답답했다.

분명한 것은 배도의 방으로부터 그리 멀지 않은 곳에서 소리가 났다는 것뿐이었다. 배도가 거처하는 방의 창에서 환한 불빛이 새어 나오고 있었다.

'오호, 저 방이로구나! 내가 직접 가서 확인해 봐야겠다.'

주생은 밖으로 나가 배도의 방으로 다가갔다. 그러고는 몰래 배도의 방 창문을 살며시 젖히고 안을 들여다보았다. 방 한가운데 책상 앞에 홀로 앉은 배도가 보였다. 그녀는 구름무늬가 아로새겨진 고운 종이를 앞에 펼쳐 놓고 앉아 글을 짓고 있는 것 같았다. 첫머리에는 '접련화'[14]라는 제목이 붙어 있었다. 하지만 단지 앞부분만 썼을 뿐, 뒷부분은 아직 완성하지 못한 상태였다.

주생은 헛기침을 한번 했다. 배도가 못 들은 척, 아무 반응을 보이지 않자 이번에는 창문을 열면서 농담 비슷이 말을 걸었다.

"주인이 아직 완성하지 못한 글에 나그네가 나머지를 채워 넣어도 되겠습니까?"

배도는 깜짝 놀란 듯 고개를 반짝 쳐들었다. 하지만 주생이 자신의 방 앞에서 몰래 엿보고 있었다는 걸 벌써부터 눈치채고 있었다.

배도는 날 선 목소리로 쏘아붙였다.

"이게 무슨 망령이시오? 여기는 이 깊은 밤에 손님이 들어올 곳이 아닙니다. 미치지 않고서야 점잖은 체면에 이럴 수 있습니까? 어서 정해 드린 방으로 돌아가세요."

배도가 정색하고 하는 말에도 주생은 물러설 생각이 전혀 없었다.

"나그네가 본래부터 미친 것은 아니랍니다. 주인 아가씨가 나그네를 미치게 한 것이지요."

그제야 배도는 빙그레 미소를 지었다.

---

14 **접련화(蝶戀花)** : '나비기 꽃을 언모힌다'는 뜻으로 송나라 때 사(詞)의 형식 중 한 가지의 제명(題名). 앞부분과 뒷부분 각각 30자(字), 총 60자로 구성되어 있다.

"그럼, 허락한 것으로 알고 들어가겠습니다."

대답을 들을 필요도 없다는 듯이 주생은 문을 열고 방으로 들어가 배도의 맞은편에 자리를 잡고 앉았다. 그러곤 뒷부분을 이어 짓기 전에 배도가 지은 앞부분을 다시 한 번 훑어보았다.

깊고 깊은 별당에 춘정15이 흐드러지니
달빛은 꽃나무 가지에 가득하고
오리 향로에선 연기가 모락모락 피어오르네.
창 안의 고운 여인이 시름으로 늙어 가니
꿈에서 깨어 하염없이 뜨락을 서성이네.

잠시 미소를 짓고 있던 주생은 붓을 들어 거침없이 뒷부분을 써 나갔다.

봉래산16 열두 섬의 선경에 잘못 들어온 이,
번천17인 줄 누가 알까.

---

15 **춘정(春情)** : 봄의 정취. 남녀 간의 정욕을 빗대어 표현하는 말로 쓴다.
16 **봉래산(蓬萊山)** : 영주산(瀛州山), 방장산(方丈山)과 함께 중국 전설에 나오는 삼신산(三神山)의 하나. 이 산에는 신선이 살며 불사의 영약이 있고, 이곳에 사는 짐승은 모두 빛깔이 희며, 금은으로 지은 궁전이 있다고 한다.
17 **번천(樊川)** : 중국 당나라 말기의 시인 두목(杜牧)의 호. 두목은 두보(杜甫)에 대하여 소두(小杜)로 일컬어지던 사람이다.

향기로운 꽃밭으로 들어와 헤매고 있네.

잠에서 깨니 가지에서 새 지저귀는 소리가 들리고

주렴에 그림자도 사라지니 붉은 난간에는 날이 밝았구나.

주생이 노랫말을 다 짓는 동안 그것을 바라보던 배도의 두 뺨은 발그레하게 물들었다. 주생은 보일 듯 말 듯 떨리는 배도의 하얀 손을 덥석 잡았다. 배도는 부끄러워하며 주생의 손을 슬며시 밀쳐 내고 자리에서 일어났다.

밖으로 나갔던 배도가 술상을 마련하여 다시 들어왔다. 배도는 옷매무새를 가다듬고 단정하게 앉아 주생에게 술을 따라 권하였다.

"자, 제가 아끼는 서하주18입니다. 이 옥빛 술잔에 한 잔 받으십시오."

하지만 주생은 술 생각이 전혀 없었다. 그의 머릿속은 아름다운 배도를 차지할 욕심으로 가득 차 있었다.

"오늘 밤은 왠지 술 생각이 전혀 없구려. 다음 기회에 마시기로 하지요."

배도가 아무리 권해도 주생은 사양하고 마시지 않았다. 순간 배도는 서운한 마음이 들었지만 주생의 뜻을 금방 알아차렸다. 배도

---

18 서하주(瑞霞酒) : '상서로운 노을'이라는 뜻의 이름을 붙인 술

는 갑자기 처연한 표정을 지으며 말했다.

"낭군께서도 이 지역 태생이시니 알고는 계시겠지요. 저의 집안은 중앙 귀족이 부럽지 않은 호족[19]이었습니다. 하지만 할아버지께서 천주[20]의 시박사[21] 벼슬에 천거되어 일하시다가 죄를 지어 평범한 백성이 되었습니다. 이때부터 저희 집안은 가세가 기울어 다시는 일어나지 못하게 되었지요. 게다가 부모님마저 일찍 돌아가시자 저는 남의 손에 길러져 오늘에 이르렀습니다. 정조와 순결을 지키며 여염집 여식처럼 평범하게 살고 싶었지만, 저도 모르는 사이에 이름이 이미 기생 명부에 올라 부득이 다른 남자들과 즐기며 노는 인생이 되었습니다."

방 안의 분위기는 착 가라앉았다. 옛일을 되짚어 이야기하는 배도의 목소리는 가늘게 떨렸고, 주생도 삽시간에 바뀐 방 안 공기에 침묵을 지킬 수밖에 없었다.

배도의 이야기는 계속 이어졌다.

"하지만 언제든 찾는 이 없이 홀로 한적한 시간이 되면, 꽃을 바라보며 눈물을 흘리지 않는 때가 없었습니다. 외로운 밤이면 달을 마주하고 절망하지 않는 때가 없었어요. 뜻하지 않게 오늘 낭군을 뵙게 되니 감회가 새로웠습니다. 총명한 어린 시절의 모습이 그대로

---

19 호족(豪族) : 지방의 부유하고 세력이 있는 집안
20 천주(泉州) : 중국 복건성 동남부에 있는 도시. 옛날 해상 실크로드의 기점이었다.
21 시박사(市舶司) : 해상 무역 사무를 담당한 관리

연상될 정도로 재주가 뛰어난 데다 풍채도 좋고 몸가짐도 활달한 장부로 성장하셨군요. 제가 비록 천하고 못난 여인이지만, 오늘 밤 낭군 곁에서 함께하기를 원합니다. 낭군께서 앞으로 벼슬길에 오르셔서 제 이름을 기생 장부에서 빼주시기만 하신다면, 그렇게 하여 조상의 이름을 더럽히지 않게만 해 주신다면, 더 이상 바랄 것이 없을 것입니다. 그런 뒤에 만약 저를 버리신다 해도, 그리고 끝내 돌아보지 않으신다 해도 저는 원망하는 마음을 가지지 않겠습니다."

말을 마친 배도의 눈에서는 눈물이 비 오듯 쏟아지고 있었다. 주생은 배도의 이야기에 크게 감동했다. 주생은 배도 쪽으로 다가앉으며 그녀의 허리를 끌어당겨 꼭 안았다. 그러고는 자기의 옷소매 자락으로 눈과 뺨에 흐르는 눈물을 닦아 주며 말했다.

"남자라면 당연히 그렇게 해야 할 것입니다. 굳이 간청하는 말을 하지 않았다고 해도 그대의 애달픈 사연을 알고서야 내가 어찌 모른 척할 수 있겠소? 이제 안심해요. 아무 걱정 말고 나만 믿어요."

주생의 약속에 배도는 흘리던 눈물을 멈추었다. 자신이 지금 들은 말이 과연 꿈인지 현실인지 제 눈으로 확인하겠다는 듯, 천천히 고개를 들어 주생을 바라보았다. 그동안 사내의 허망한 약속을 수없이 겪어 온 배도였다. 하지만 이번에는 믿고 싶었다.

배도는 얼굴빛을 바꾸고 비온 뒤 더 맑고 투명해진 꽃송이처럼 환하게 미소 지으며 다시 물었다.

"『시경』에 이런 구절이 있지요. '아낙네는 잘못이 없는데, 사내는 달리 대하네.'22 낭군께서도 알고 계시겠지요?"

"알다마다요."

"그럼 '사랑하던 이익이 배신하자 곽소옥이 원한을 품고 죽는다는 이야기'23도 들어 보셨겠지요?"

"그것도 알지요."

"그렇다면 부탁을 하나 드려도 될까요?"

"그래요. 뭐든 말해 보시오. 내 무엇이든 들어주리다."

"낭군께서 저를 멀리하거나 버리지 않으시겠다는 맹세의 글을 써 주세요."

배도는 자리에서 일어나 붓과 벼루를 가져왔다. 그리고 이 언약을 끝까지 간직하려는 듯 주생의 앞에 고운 비단을 펼쳐 놓았다.

"허, 배랑, 그대도 보통은 아니구려."

배도가 건넨 붓은 주생의 손에 이끌려 비단 위를 내달렸다.

　　　푸른 산은 늙지 않고

---

22 『시경(詩經)』의 '위풍(衛風)' 편 「맹(氓)」에 나오는 구절. 여야불상(女也不爽) 사이기행(士貳其行)

23 중국 당나라 때에 장방(蔣防)이 지은 전기 소설 『곽소옥전(霍小玉傳)』에 나오는 이야기. 혼약을 어기고 세력가의 딸과 결혼한 이익과 곽소옥 사이의 불행한 사랑 이야기이다.

푸른 물은 그치는 법이 없네.

그대가 나를 믿지 못한다면

하늘의 밝은 달을 보아 알리라.

배도는 주생이 써 준 글을 정성껏 접어 봉해서 품속에 고이 간직했다.

이날 밤 주생과 배도는 「고당부」24를 읊으며 밤이 새도록 즐거운 시간을 보냈다. 알 듯 모를 듯 서로에게 품은 마음의 빛깔을 알 수 없어 마음을 졸였던 두 사람은 그제야 비로소 맘 놓고 사랑하게 된 것이다. 그날 밤 두 사람의 사랑이 얼마나 애틋하고 즐거웠던지 금생과 취취25, 위랑과 빙빙26의 사랑은 저리 가라 할 정도였다.

---

24 고당부(高唐賦) : 초나라 때의 시인 송옥(宋玉)이 지은 글. 초나라 회왕(懷王)과 무산신녀(巫山神女)의 사랑 이야기이다.

25 금생(金生)과 취취(翠翠) : 명나라 초 구우(瞿佑)가 쓴 『전등신화(剪燈新話)』 중 「취취전(翠翠傳)」의 등장인물 금정(金定)과 유취취(劉翠翠). 유취취와 가난한 금정은 동갑내기로 서당을 함께 다니며 사랑했다. 금정이 유씨 집안의 데릴사위로 들어간 지 1년이 못 되어 장사성의 난으로 두 사람은 헤어지고, 금정은 이 장군의 첩이 된 취취와 재회한다. 그는 상심 끝에 병들어 죽고, 이어 취취도 병들어 금정의 묘 왼쪽에 묻힌다. 마침내 두 사람은 이승에서 못 이룬 사랑을 죽음으로 완성한다.

26 위랑(魏郎)과 빙빙(娉娉) : 명나라 초 이정(李禎)이 쓴 『전등여화(剪燈餘話)』 중 「가운화환혼기(賈雲華還魂記)」의 등장인물 위붕(魏鵬)과 가빙빙(賈娉娉). 운화(雲華)는 빙빙의 자이다. 빙빙과 위붕은 서로 사랑하지만 빙빙 집안의 반대로 결혼하지 못하고 이별한다. 빙빙은 위붕을 그리워하다가 죽는다. 그 후 빙빙은 급사한 여인의 몸을 빌려 환생하고, 위붕을 만나 마침내 부부가 된다.

조약돌과 옥구슬

다음 날 자리에서 일어난 주생은 전날 밤 배도의 방 근처에서 낯선 소리가 났던 것을 기억해 냈다. 문득 궁금해진 주생은 배도에게 그 기이한 소리의 정체에 대해서 물어보았다.

"지난밤에 배랑의 방 근처에서 사람 소리와 말 울음소리가 잠깐 들렸는데, 이내 사라지더군요. 혹시 누가 왔었소?"

배도는 빙그레 웃으며 대답했다.

"여기서 멀지 않은 곳 물가에 붉은 대문이 우뚝 선 크고 화려한 저택이 있습니다. 거기가 바로 돌아가신 노 승상 댁입니다. 승상께서 세상을 떠나신 후 그 부인은 아직 결혼하지 않은 아들 하나와 딸 하나, 두 남매만을 데리고 외롭게 살고 있답니다. 노 승상 댁 부인은 외롭고 허전한 마음을 노래와 춤으로 달래곤 하시지요. 그 댁에서 저를 부르려고 말과 사람을 보냈던 것이랍니다."

주생은 그제야 사람 소리와 함께 말 울음소리가 났던 이유를 알 것 같았다.

"그래도 그렇지. 초저녁도 아니고 밤이 깊었는데 피곤한 사람을 오라 가라 하는 법이 있나?"

주생이 입을 쑥 내밀고 얼굴을 찌푸리며 말하자 배도는 그 모습에 괜히 웃음이 났다.

"제 재주가 마음에 드신 게지요. 가끔씩은 늦은 밤에도 부르곤 하신답니다. 하지만 어제는 낭군님도 계시고 하니 제가 병을 핑계로 거절하였던 것이지요."

배도는 자신의 일에 관심을 가져 주는 주생이 고마웠고, 주생은 대갓집 마님의 분부보다 자신을 우선으로 생각해 주는 배도가 더없이 미더웠다.

이후로 주생은 배도에게 흠뻑 빠져 바깥세상의 일을 잊고 살았다. 날마다 배도와 함께 거문고를 연주하고 술을 마시며 둘만의 즐거운 나날을 보내고 있었다.

그렇게 둘만의 시간을 보내던 어느 날 저녁, 누군가 문을 두드리는 소리가 났다.

"배랑은 안에 계신지요?"

배도는 심부름하는 아이에게 나가 보도록 했다.

"아씨, 승상 댁에서 사람을 보내왔습니다."

배도는 지난번에 한 번 거절했던 터라 또다시 빈 걸음을 하게 할 수 없어 들어오게 하였다.

방문을 열고 기다리고 있던 배도에게 승상 댁 노비는 잰걸음으로 다가와 부인의 말을 빠짐없이 전하였다.

"부인께서는 '늙은 여인이 오늘 작은 술자리를 마련하려 하는데, 배랑이 함께하지 않으면 즐겁지 않을 듯하여 안장 댄 말과 사람을 보내느니라. 부디 이것을 부담스럽게 여기지 말라.' 이렇게 말씀하셨습니다."

배도는 난처한 표정으로 주생을 돌아보며 말했다.

"귀한 부인의 명령을 두 번이나 욕되게 할 수는 없으니 감히 받들어야 하지 않겠습니까? 얼른 다녀오겠습니다."

배도는 서둘러 옷을 갈아입고 머리를 빗어 곱게 꾸민 뒤에 집을 나섰다.

주생은 문밖까지 배웅하며 아무래도 마음이 놓이지 않는지 신신당부하였다.

"혹시라도 밤은 새지 말고 꼭 돌아오도록 해요."

배도는 익숙한 듯 훌쩍 말에 올라탔다. 말 위의 사람은 제비처럼 가볍고, 사람을 태운 말은 용이 나는 것처럼 빠르고 날렵하니, 순식간에 길가의 꽃과 버들가지 사이를 스치며 아스라이 멀어졌다.

배도의 모습이 보이지 않게 되자 주생은 괜히 허전하고 마음이 붕 떴다. 알 수 없는 불안함마저 모락모락 피어오르는 것 같았다.

'배도도 없는데 이 빈방에서 혼자 무엇을 하겠나? 심심한데 바

람도 쐴 겸 오랜만에 밖으로 나가 보아야겠다.'

주생은 급히 옷을 갈아입고 배도가 간 길 쪽으로 따라나섰다.

용금문27을 나와서 왼쪽으로 돌아 수홍교28에 이르니 과연 구름 까지 닿을 듯한 거대한 저택이 있었다. 배도가 말한, '물가에 있는 붉은 대문의 저택'이 바로 그것임을 주생은 한눈에 알아보았다.

그 집은 마치 공중에 떠 있는 듯 우뚝 솟아 있었고, 아름답게 장식된 난간은 구불구불 이어져 푸른 버드나무와 붉은 살구나무 사이로 반쯤 모습을 드러내고 있었다. 굳게 잠긴 붉은 대문 안에 서는 생황29과 피리의 아름다운 소리가 허공에 아득히 떠도는 듯 하고, 때때로 음악이 멈출 때면 사람들의 낭랑한 웃음소리가 집밖 으로까지 흘러나왔다.

'무엇을 하기에 저리도 흥겨울까……'

주생은 수홍교 다리 위를 왔다 갔다 하면서 고풍시30 한 수를 지어 기둥에 적어 두었다.

---

27 **용금문(湧金門)** : 중국 항주의 서문(西門)
28 **수홍교(垂虹橋)** : 항주의 속현(屬縣)인 오강현에 있는 다리. '무지개가 드리운 듯한 모양의 다리'라는 뜻이다.
29 **생황(笙簧)** : 관악기의 한 가지이다. 중국의 묘족이 만들었다고 전한다. 길이가 다 른 17개의 대나무 관을 나무통 속에 꽂고, 그 통 옆의 숨구멍으로 숨을 내쉬고 들이 마심으로써 소리를 낸다.
30 **고풍시(古風詩)** : 당나라 이전에 나온 시 형식을 말한다. 압운(押韻)과 정형률(定型 律)은 있지만 평측(平仄)은 없다.

버드나무 숲 너머 잔잔한 호숫가에 누각이 있으니,
붉은 용마루와 푸른 기와에 푸른 봄빛이 비치네.
이야기하며 웃는 소리 싱그러운 바람을 타고 들려오는데,
꽃에 가려 누각 안의 사람은 보이지 않네.

부럽구나, 꽃 속을 자유롭게 오가는 한 쌍의 제비여,
붉은 기둥과 주렴 안을 마음대로 날아드네.
나그네는 밖에서 서성이며 차마 돌아서지 못하는데,
석양에 물든 고운 물결에 나그네 시름이 깊어 가네.

　주생이 방황하는 사이에 어느덧 석양은 붉게 물들다가 점점 푸
르스름해지더니 이내 어둠이 밀려왔다.
　잠시 후 붉은 대문이 활짝 열리고 여자들 여럿이 황금 안장과
옥으로 꾸민 말을 타고 나왔다.
　주생은 그 사람들 속에 분명히 배도가 섞여 있을 것이라고 생각
했다. 사람들이 주생 쪽으로 가까이 다가오자 주생은 재빨리 길가
의 빈 헛간으로 몸을 숨겼다. 주생은 말을 탄 여인들 십여 명이
다 지나갈 때까지 하나하나 살펴보았다. 하지만 눈을 씻고 살펴보
아도 그들 속에 배도는 없었다.
　'어찌 된 일일까? 이제 모두들 나온 것 같은데. 내가 모르는 사
이에 먼저 집으로 돌아간 것일까? 그럴 리가 없을 텐데…….'

주생이 헛간을 빠져나와 다리 위로 돌아오더니 다시 살펴보았다.

그러는 사이 날은 이미 저물어 눈앞의 소와 말을 분간할 수 없을 정도로 캄캄해졌다.

'에잇, 안 되겠다. 저 집 안으로 들어가서 배도를 찾아보아야겠다.'

주생은 사람들의 눈을 피해 곧장 붉은 대문 집 안으로 들어갔다. 늦은 밤이라 그런지 집 안에는 한 사람도 보이지 않았다. 누각 아래까지 가 보았으나 역시 배도의 모습은커녕 사람의 그림자도 찾아볼 수 없었다.

주생은 걱정이 되어 견딜 수가 없었다. 안절부절못하고 계속 캄캄한 어둠 속을 헤맸다.

얼마나 헤맸던 걸까. 그렇게 이리저리 방황하는 사이에 달빛이 희미해지면서 날이 점점 밝아 오고 있었다.

주위가 환해지니 비로소 누각의 북쪽에 있는 연못이 보였다. 연못 위에는 각양각색으로 피어 있는 꽃들이 달빛을 받아 활짝 웃고 있는 듯했다. 가만히 다가가 보니 그 꽃들 사이로 작은 길이 구불구불하게 나 있는 게 아닌가?

주생은 그 길을 따라 살금살금 걸어가 보았다.

길이 끝나는 곳에 집 한 채가 있었다. 무언가 길이 생기고 끝나는가 싶으면 또 무언가 생겨나는 게 신기해서, 또 길의 저 끝에는 무엇이 기다리고 있을까 하는 호기심이 연거푸 생겼다. 그렇게 주생은 저도 모르게 계속 걸음을 옮기고 있었다.

이번에는 계단을 올라 서쪽으로 돌아서 수십 걸음을 걸어갔다. 포도 넝쿨이 우거진 아래 집 한 채가 또 나타났다. 집의 규모는 작지만 매우 아름다웠다. 반쯤 열린 사창31으로는 촛불이 높고 환하게 타오르고 있었다. 촛불의 그림자 밑으로 무언가 서성거리고 있는 것이 보였는데, 자세히 보니 붉은 치마에 푸른 저고리32를 입은 여인들이었다. 그 여인들이 오가는 은은한 모습이 마치 한 폭의 그림을 보는 것 같았다.

주생은 빼꼼히 열린 창문 틈으로 숨을 죽이고 방 안을 몰래 훔쳐보았다. 금빛 병풍과 비단 요의 황홀한 빛깔에 눈이 멀 것 같았다. 한 부인이 자줏빛 비단 적삼33을 입고 백옥으로 만든 서안34에 비스듬히 기대어 앉아 있었다.

부인의 나이는 쉰 살쯤 되어 보였는데, 천천히 돌아보는 모습에는 옛날의 아리따운 자태가 아직도 남아 있었다.

부인의 옆에는 열네다섯 살쯤 되어 보이는 소녀가 앉아 있었다.

---

31 사창(紗窓) : 얇고 성기게 짠 비단으로 바른 창문. 예전에, 규방(閨房)의 창문을 비유적으로 이르던 말이다.

32 녹의홍상(綠衣紅裳) : 신부의 예복으로 주로 쓰이던 연두저고리와 다홍치마. 일반적으로 곱게 치장한 여자의 옷차림을 이르는 말이다.

33 적삼 : 윗도리에 입는 홑옷. 모양은 저고리와 같으나, 홑겹이며 바느질을 박이로 하였다. 보통 저고리 대용으로 여름에 입는다.

34 서안(書案) : 책을 보거나 글씨를 쓰는 데 필요한 사랑방용의 책상. 눕거나 기댈 수 있도록 만든 것은 나안, 기안, 와간상 등으로 일컫는다.

소녀의 머리는 곱게 땋아 뒤로 내렸는데 머릿결이 구름같이 푸르렀다. 취한 듯 붉은빛이 감도는 얼굴은 어여뻤고, 소녀의 맑은 눈동자가 옆을 살짝 흘기는 모습은 마치 흐르는 물결에 비치는 가을 달과 같았다. 엷게 미소를 지을 때면 귀엽게 팬 보조개 때문에 붉은 볼에 더욱 애교가 넘쳤다. 마치 봄꽃이 아침 이슬을 함빡 머금은 듯했다.

소녀의 아름다운 모습을 홀린 듯 바라보고 있던 주생은 넋이 반쯤 나가 버렸다. 선녀가 따로 없었다. 얼굴은 화끈 달아오르고 가슴이 쿵쿵 뛰었다. 첫눈에 반했던 것이다.

혼미해지는 마음을 가다듬고 정신을 차리자, 소녀의 옆에 낯익은 여인이 앉아 있는 것이 보였다. 배도였다. 배도는 그 소녀에 비하면 봉황 앞에 있는 까마귀나 올빼미라고나 할까. 아니면 옥구슬 앞에 있는 자갈이나 조약돌쯤 될까. 전당 땅에서 아름다운 자태를 자랑하는 배도라지만 소녀의 옆에 함께 있으니 한없이 초라하고 보잘것없어 보였다.

반면에 소녀를 바라보고 있으면 자신의 넋이 구름 밖으로 날아간 듯하고 마음이 허공에 붕 뜬 듯 정신을 차릴 수가 없었다.

당장이라도 미친 듯이 소리치며 뛰어 들어가 껴안고 싶은 충동이 몇 차례나 일어나 하마터면 큰 실수를 할 뻔했다.

그들이 모인 자리에서 술이 한 차례 돌고 난 뒤, 배도는 자리에서 슬며시 일어났다. 인사를 하고 집으로 돌아가려는 것이었다.

"이보게 배랑, 밤도 늦었는데 오늘은 여기서 자고 내일 날이 밝
거든 가게나."

배도는 승상 부인의 만류에 난감했지만 굳이 돌아가기를 청했다.

"마님, 소인은 늦더라도 지금 가야 합니다."

부인은 의아했다. 지난번 밤 모임에 오지 않은 것도 그렇고, 오
늘 자고 가라는 권유를 뿌리치는 것도 어쩐지 예전과는 다른 태도
였기 때문이다.

그동안 자신의 부탁을 이토록 여러 번 거절한 적이 없었기에 부
인은 섭섭한 마음마저 들었다.

"평소에는 이러지 않더니 어찌하여 오늘따라 이리도 서두르는
가? 어디서 정든 사람과 만날 약속이라도 있는 것인가?"

배도는 차라리 잘 되었다 싶어 옷깃을 단정히 하고 자세를 고쳐
앉은 후 이실직고[35]하였다.

"마님께서 물으시는데, 어찌 사실대로 말씀드리지 않겠습니까?"

배도는 어려서 소꿉친구이던 주생을 우연히 길에서 마주친 것
에서부터 그가 부평초처럼 세상을 떠돌기에 자신의 집에 머물기
를 권했던 것, 어느 날 밤 서로의 마음을 확인하고 평생을 함께하
겠다는 언약에 이른 것까지 주생과의 사연을 소상히 아뢰었다.

---

35 이실직고(以實直告) : 사실을 바른대로 말함.

승상 부인이 고개를 끄덕이며 두 사람의 사연에 대해 뭐라 말을 하려는데 소녀가 배도를 미소 띤 눈으로 흘겨보며 먼저 말을 꺼냈다.

"배랑도 참 답답한 사람이군요. 왜 진작 말하지 않았어요? 우리가 그런 사정도 이해하지 못할 사이인가요? 하마터면 우리 모녀 때문에 배랑의 즐거운 하룻밤을 놓칠 뻔했군요. 자, 여기 더 있어 봐야 우리 놀림감만 될 테니 어서 가세요."

소녀의 말에 부인 또한 껄껄 웃으며 어서 돌아가라고 했다.

주생은 재빨리 그곳을 빠져나와 배도보다 먼저 집으로 돌아왔다. 방으로 들어온 주생은 이불을 뒤집어쓰고 코까지 드르렁 골며 자는 척했다.

잠시 후 배도가 집에 도착했다. 배도는 주생이 누워 자는 것을 보고는 부축해 일으키며 말했다.

"낭군, 제가 왔습니다."

주생은 잠자코 코만 더욱 크게 골면서 깊은 잠에 빠진 척 능청을 부렸다.

"제가 너무 늦어서 화가 났습니까? 아니면 지금 무슨 좋은 꿈이라도 꾸고 계신 건가요?"

주생은 크게 기지개를 켜며 단잠을 자고 있다가 깬 시늉을 하고, 이어서 잠꼬대하듯 시를 읊었다.

꿈결에 오색구름 속 요대에 들어가
구화장36 속의 선아37를 만났다네.

배도는 갑작스러운 주생의 태도에 기분이 몹시 불쾌해졌다.
"난데없이 선아를 만났다니요. 도대체 선아가 누구입니까?"
배도의 목소리는 깨진 얼음처럼 차고 날카로웠다. 그제야 주생
은 아차 싶었다. 하마터면 선아가 노 승상 댁 딸이라고 말할 뻔했
다. 위기를 모면하려는 듯 주생은 다시 시로써 대답했다.

꿈을 깨어 보니 기쁘게도 선아가 옆에 있네.
이 방을 가득 채운 꽃과 달을 어이하리요?

배도의 얼굴은 금세 붉어졌다.
"아이참, 부끄럽게 왜 이러십니까?"
서슬 푸르던 목소리도 이내 나긋나긋해졌다. 안심한 주생은 배
도의 등을 쓰다듬으며 너스레를 떨었다.
"누구긴 누구겠소? 그대가 아니면 누가 나의 선아라는 말이오?"
주생의 사탕발림에 속은 배도는 감격했다. 자꾸 행복해지고 싶

---

36 구화장(九華帳) : 여러 가지 꽃무늬를 수놓은 아름다운 휘장
37 선아(仙娥) : 신선의 세계에 사는 여자 신선

은 마음이 헛된 욕심이 될까 봐 두려워하던 배도였지만, 이 순간만은 마음 놓고 주생에게 기대어 자신의 전부를 주고 싶었다.

"그렇다면 낭군은 저의 선랑38이 되겠네요? 앞으로는 저를 선아라 부르세요. 저는 낭군을 선랑이라고 부르겠어요."

자신의 속마음이 배도에게 들키지 않은 것을 다행히 여기고 가슴을 쓸어내린 주생은 아무것도 모르는 척 늦게 온 이유를 물었다.

"그대가 없으니 얼마나 쓸쓸하던지, 기다리는 시간이 몹시 힘들고 더뎠소. 왜 이렇게 오래 기다리게 한 것이오?"

배도 또한 주생에게 투정을 부리듯 대답했다.

"연회가 끝난 뒤 모두들 돌아갔는데, 부인께서 유독 저만 남게 하지 뭡니까?"

주생은 다리 위에서 보았던 여인들의 모습을 떠올렸다. 그들이 모두 뿔뿔이 흩어져 돌아간 뒤에도 배도만이 남아 따로 술자리를 이어 간 것까지 주생은 속속들이 알고 있었다. 그런데도 시치미를 떼고 승상 부인 탓을 좀 더 해 보았다.

"그 부인은 무엇 때문에 배랑을 자꾸 묶어 두려 한답니까?"

배도는 칭얼거리는 아이를 달래듯 조곤조곤 말했다.

"그 댁 따님인 선화(仙花) 아가씨 처소에 따로 작은 주안상을 차

---

38 선랑(仙郞) : 귀한 집안의 미혼 자제를 이르던 말이다. 여기서는 마치 신선처럼 용모가 수려하고 재주가 뛰어난 사내를 뜻한다고 볼 수 있다.

리고, 각별히 친한 이들끼리만 오붓한 술자리를 다시 이어 가자는 뜻이지요. 그런 부인의 마음을 알기에 차마 빠져나오지 못하고 이렇게 늦은 것이랍니다."

주생은 그제야 소녀가 승상의 딸이고, 그의 이름이 선화라는 것을 알게 되었다. 그러나 그것만으로 선화에 대한 궁금증이 해소될 리 없었다.

주생은 선화에 대해 몹시 궁금했지만 시큰둥하게 말했다.

"선화 아가씨라면 승상 댁 따님을 말하는 건가요? 일전에 배랑이 말했지요? 아직 출가39하지 않았다는……."

"예, 맞아요. 선화 아가씨의 자는 방경(芳卿)이고, 나이는 올해 열다섯입니다. 자태가 아름답고 용모가 빼어나 속세40의 사람이 아닌 것 같지요. 또 곡조에 맞게 노랫말을 잘 지을 뿐만 아니라 자수를 놓는 솜씨도 빼어나답니다. 저 같은 사람은 감히 비교도 할 수 없을 지경이지요. 어제는 「풍입송」41의 가사를 새로 지어 거문고로 연주하고 싶어 했는데, 마침 제가 음률을 안다고 하니, 그러면 집에 가지 말고 그 곡을 한 번 연주해 달라고 청했던 것입니다."

주생의 속마음도 모르고 배도는 아낌없이 선화를 칭찬했다. 주생은 딴청을 부리며 듣는 둥 마는 둥하면서도 다시 물었다.

---

39 출가하다(出嫁-) : 시집가다.
40 속세(俗世) : 평범한 사람들이 사는 세상
41 풍입송(風入松) : '소나무에 바람이 분다'는 뜻의 악부 제목

"그렇게 대단한 여인이라면 그 낭자가 지었다는 노랫말을 들려줄 수 있겠소? 아직 기억하고 있다면 말이오."

배도가 자신 있는 표정으로 대답했다.

"그럼요, 기억하다마다요."

배도는 선화가 지은 노랫말을 음률에 실어 노래하기 시작했다.

꽃이 핀 옥빛 창에 봄날은 더디기만 한데,
고요한 집 안에는 주렴이 드리워 있네.
모래밭의 예쁜 오리가 석양을 받으며
봄날 연못에서 짝지어 노니는 것 부럽기만 하네.
버들 숲엔 옅은 안개가 어려 있고
늘어진 가지들은 안개 속에서 하늘거리네.

고운 님 잠에서 깨어 난간에 기댔는데,
비췻빛 뺨과 눈썹에 근심이 가득하네.
제비 새끼 재잘거릴 때 꾀꼬리는 늙어 가네.
아까운 청춘이 꿈결처럼 시드는 것을 한탄하느니,
비파 끌어안고 가볍게 연주하지만
곡조 안에 숨어 있는 깊은 원망을 누가 알리.

배도는 한 구절도 빠뜨리지 않고 줄줄이 외워 읊었다. 주생은 한 구절 한 구절 음미하면서 노랫말을 지은 사람의 뛰어난 재주에 탄복하고 또 탄복했다. 하지만 공연히 티를 내서 배도의 오해를 사지 않도록 조심해야 했다.

주생은 덤덤한 표정과 차분한 목소리로 노랫말에 대한 자신의 의견을 말했다.

"이 노랫말은 규방 여인의 봄날 시름을 아주 곡진하게[42] 표현하고 있군요. 하지만 소약란[43] 정도의 뛰어난 경지에 이르렀다고 보기는 힘들 것 같소. 또 아무리 재주와 덕이 높은 선화라지만 나의 선아가 지닌, 꽃을 다듬고 옥을 깎는 듯한 재주에는 감히 미치지 못할 것입니다. 암요, 어림 반 푼어치도 없지요."

배도는 주생의 부추김에 어깨가 으쓱해졌다.

"정말 그렇게 생각하세요?"

주생은 고개를 몇 번이고 끄덕여 주었다. 하지만 주생의 마음이 이미 배도를 떠나 선화를 향해 움직이고 있다는 것을 배도는 눈치채지 못했다.

선화를 한번 본 후 주생은 배도에 대한 정이 점점 식어 갔다.

---

42 **곡진하다(曲盡-)** : 매우 자세하고 간곡하다.

43 **소약란(蘇若蘭)** : 소동파(蘇東坡)의 누이동생이며 두도(竇滔)의 아내. 이름은 혜(惠)이며 글을 잘 지었다. 남편 두도가 사막으로 유배를 가자 소약란이 남편을 그리워하며 회문선도시(廻文旋圖詩)를 비단으로 짜서 보냈는데, 그 글이 매우 서글펐다고 한다.

눈은 배도를 바라보지만 정작 그 눈 속엔 배도가 들어 있지 않았다. 늦은 밤 배도와 서로 술잔을 주고받으면서도 억지로 웃으며 즐거운 척할 뿐, 마음속은 오직 선화에 대한 생각으로 가득했다. 배도가 친근하게 안기면 안길수록 선화를 향한 주생의 마음은 더욱 간절하게 타올랐다.

'다시 선화를 만날 방법이 있을까? 마치 우연인 것처럼 마주칠 수는 없을까? 그 마음을 사로잡으려면 어떻게 해야 할까?'

밤낮없이 그런 생각에만 골몰하는 주생이었다.

마침내 주생에게 뜻을 이룰 기회가 오고 있었다. 배도는 노 승상 댁에 자주 드나들면서 주생의 글재주에 대해 입이 닳도록 자랑하는 말을 했다. 덕분에 주생의 존재는 날로 유명해져서 승상 댁 사람들은 물론 전당 지역의 누구든 그의 이름을 모르는 사람이 없을 정도가 되었다.

배도의 말이라면 깊이 신용하는 승상 댁 모녀는 더 말할 것도 없었다. 얼굴도 모르는 주생을 특별히 존경하게 되었으니, 이것이 바로 주생에게 좋은 기회를 만들어 주었던 것이다.

옥구슬을 훔치다

 하루는 승상 부인이 어린 아들 국영(國英)을 불러 말하였다.

"네 나이 이제 열두 살이다. 그런데 아직도 글을 깨우치지 못하고 있으니 앞날이 걱정되는구나. 주위 사람들의 말을 들어 보면 배도의 남편인 주생이 학문과 도덕이 높은 선비라고 칭찬이 자자하다. 네가 직접 주생을 찾아가 스승으로 모시고 배우기를 원한다는 청을 해 보는 것이 어떻겠느냐?"

부인의 가정교육은 매우 엄격한 편이었다. 그래서 국영은 감히 어길 생각도 하지 못했다. 그날로 책을 옆에 끼고 주생을 찾아가 사정을 얘기하고 배우기를 청했다.

'드디어 기회가 왔구나. 이제야 일이 되려는가 보다.'

주생은 마음속으로 은근히 기뻐하면서도 펄쩍 뛰며 손사래를 쳤다. 몇 번이고 자신을 낮추어 사양하던 주생은 마지못해 가르쳐 주기로 약속했다. 그날부터 국영은 주생의 제자가 되어 매일 배도의 집으로 공부하러 왔다.

그러던 어느 날이었다. 주생은 국영을 데리고 수업을 하다가 문득 주위에 누가 없는지 살폈다. 마침 배도는 외출하고 집에 없었다.

주생이 국영에게 조용히 말하였다.

"국영아, 네가 여기를 오가며 글을 배우는 것이 너에게 힘들 뿐 아니라 번거롭지 않으냐?"

국영은 스승이 유난히 정답게 걱정해 주는 바람에 쑥스러운 표정을 지었다.

"힘은 좀 들지만 괜찮습니다."

주생은 빙긋이 웃으며 다시 말했다.

"내게 좋은 생각이 있는데 한번 들어 보겠니?"

국영은 영문을 알지 못한 채 얼결에 고개를 끄덕였다. 주생은 앞으로 한 걸음 다가앉으며 소리를 낮추어 말했다.

"너의 집에 빈방이 있다면 아예 내가 너의 집으로 이사를 가서 가르치는 것이 좋을 듯싶구나. 너는 왕래하는 불편을 덜 것이고, 나는 너를 가르치는데 전력을 다할 수 있을 것이다. 이야말로 일석이조가 아니겠느냐?"

주생의 제안에 국영은 진심으로 고마웠다.

"그동안 감히 청하지 못했으나, 정말 그렇게 해 주신다면 저로서는 감사할 따름이지요."

그리고는 일어나 넙죽 절을 하는 것이었다.

집으로 돌아온 국영은 곧장 승상 부인에게 가서 말했다.

"어머니, 스승님을 사랑채에 모시면 어떻겠습니까?"

부인은 국영의 갑작스러운 말에 곰곰이 생각하다가 웃으며 말했다.

"왜, 무슨 힘든 일이라도 있느냐? 네가 번거로우면 주생에게 부탁해 볼 수는 있겠다만 우리 생각만 해서는 안 될 것이다. 아무튼 주생이 그렇게 하겠다고 승낙할 것 같지는 않구나."

국영은 어깨를 우쭐하면서 자랑하듯 말했다.

"스승님이 저를 몹시 아끼시나 봅니다. 스승님께서 먼저 저를 걱정하시고 하신 말씀인 걸요. 저를 더 잘 가르쳐 주시기 위해 우리 집으로 올 수 있다고 하셨습니다."

부인은 크게 기뻐하며 당장 배도의 집으로 사람을 보내어 그날로 주생을 자기 집으로 옮겨 오게 했다.

한편, 외출했다가 집으로 돌아온 배도는 주생이 짐을 꾸리고 있는 것을 보고 깜짝 놀랐다.

"아니, 무슨 일이 있었습니까? 왜 갑자기 짐을 싸는 건가요?"

주생은 별일 아니라는 투로 대답했다.

"오늘부터 승상 댁에 들어가 국영을 가르치기로 했습니다."

배도는 어이가 없었다.

"꼭 그렇게까지 해야 할 필요가 있을까요? 아무래도 선랑께 딴

마음이 있나 봅니다."

주생은 괜히 뜨끔해서 오히려 눈을 동그랗게 뜨고 배도를 바라보았다.

"아니, 그게 무슨 소리요?"

배도는 아예 주생에게 등을 돌리고 앉아 버렸다.

"그렇지 않으면 왜 저를 버리고 승상 댁으로 가려 합니까?"

몹시 서운해서 화가 나 있는 배도 앞에서 우물쭈물하던 주생은 문득 생각난 듯이 둘러댔다.

"승상 댁에 삼만 권이나 되는 장서가 있다고 하는 말을 들었소. 승상 부인은 그 책들이 남편의 유품이라 남에게 함부로 빌려 주는 것을 싫어한다고 하더군요. 내가 그 집에 들어가 부인의 신임을 얻으면 세상 사람들이 알지 못하는 책들을 한 번 읽어 볼 수 있지 않겠소? 그런 욕심에 잠시 그 집으로 들어가려는 것이오."

돌아앉아 있던 배도는 마음을 가라앉히고 골똘히 생각해 보았다. 학문에 힘쓰겠다는 남편의 뜻을 꺾는 못난 아내가 될 수는 없는 일이었다. 주생이 학문에 정진하여 입신양명하는 것은 배도의 꿈이기도 했다.

배도는 결국 주생이 처소를 옮기는 것에 동의했다. 주생은 홀가분한 마음으로 배도의 집을 떠나 승상 댁으로 짐을 옮겼다.

주생의 일상은 한가하고도 무료했다. 국영에게 글을 가르치는 낮 시간 말고는 도무지 할 일도 없고 별일도 생기지 않았다. 애초에 핑계를 댄 것처럼 스스로의 공부에 전념한다면 좋으련만, 승상 댁의 책은커녕 제가 가지고 갔던 책도 읽을 마음이 없었다.

해만 지면 승상 댁의 문이란 문은 모조리 굳게 잠겼다. 사랑채에 갇힌 것이나 다름없는 신세가 되어 버리는 것이다. 한 집 안에 있으면 언제든 선화의 얼굴을 쉽게 볼 수 있으리라 여겼던 것은 헛되고 어리석은 생각이었다.

주생이 선화를 만날 기회를 엿보며 온갖 궁리를 다하는 동안, 어느덧 열흘이 지났다. 이제는 좀이 쑤시다 못해 속이 탔다.

'본래 내가 이 집에 온 이유는 선화를 내 사람으로 만들고자 하였던 것뿐이다. 그런데 봄이 다 지나가도록 선화의 그림자도 못 보았구나. 언제나 선화를 만날 수 있을 것인가. 오냐, 사람이 산다면 얼마를 산다고 황하의 물이 맑아지기만을 기다리겠는가.[44] 차라리 어두운 밤을 틈타 담을 넘는 것이 낫겠다. 그리고 선화 방으로 불쑥 뛰어들고 보자. 다행히 일이 잘 풀리면 좋은 것이고, 만약 실패한다 해도 죽기밖에 더 하랴.'

주생은 각오를 단단히 했다. 마침 그믐날이었기에 절호의 기회

---

44 황하(黃河)가 맑아지기를 기다리다 : 바라는 일이 실현 불가능하거나 이루어지기 어려움을 비유하는 말이다.

인 것이다. 달도 없이 캄캄한 밤이 찾아왔다.

선화의 거처로 가려면 여러 차례 담을 뛰어넘어야 했다. 처음 담장을 넘을 때는 발소리, 숨소리는 물론 심장 뛰는 소리마저 크게 느껴졌다. 하지만 두 번째, 세 번째로 횟수가 늘어날수록 주생은 대담해졌다. 마침내 선화가 머무는 별당이 눈에 들어왔다. 선화의 방은 복도와 난간에 주렴과 휘장이 겹겹이 드리워져 보물처럼 감추어져 있었다.

주생은 한참 동안 분위기를 살폈다. 별다른 인기척은 느껴지지 않았다. 선화의 방 안에는 촛불이 밝혀져 있고, 은은한 거문고 소리가 밖으로 새어 나왔다.

주생은 기둥 사이에 바짝 엎드려 선화의 거문고 소리를 듣고 있었다. 그렇게 넋을 잃고 있는 사이 어느덧 연주곡은 끝이 났다.

선화는 낮은 목소리로 소자첨45의 「하신랑사」46를 읊기 시작했다.

주렴 밖에 누가 와서 비단 창을 두드리는가.
선경에서 노래 듣는 꿈을 아쉽게도 깨웠네.

---

45 소자첨(蘇子瞻) : 소식. '자첨'은 소식의 자이다. 호는 동파(東坡). 송나라 시대를 대표하는 시인으로, 시문서화(詩文書畵)에 모두 능했으며 당송 팔대가 중 한 사람으로 꼽힌다.
46 하신랑사(賀新郞詞) : '새아씨를 칭송한다'는 뜻의 악부 제목

아, 바람이 대나무를 두드리는 소리였나.

주생은 드리워진 주렴 아래로 살며시 다가가 작은 소리로 화답
하여 읊었다.

바람이 대나무를 두드린다고 하지 마오.
정말로 그리운 사람이 온 것이라오.

사람의 기척에 놀란 선화는 서둘러 촛불을 끄고 다급히 잠자리
에 누웠다. 눈을 감고 자는 척했지만 심장은 제멋대로 뛰고 있었
다. 호흡을 가다듬어 보려 했지만 그럴수록 가슴이 터져 버릴 것
만 같았다.

주생은 서슴없이 주렴을 젖히고 방 안으로 들어와 선화의 잠자
리에 파고들었다.

"누구시오? 이토록 무례하게 규방의 처녀를⋯⋯."

선화는 놀란 탓에 말을 채 잇지 못했다.

"놀라지 마시오. 이 집에서 국영이를 가르치고 있는 주생이라는
사람입니다. 내가 이날을 얼마나 기다린 줄 아시오?"

주생의 얼굴이 또렷하게 보이지는 않았지만 선화는 어머니와
배도가 입에 침이 마르도록 칭찬하던 그 사람이 이렇게 한밤중에
침입할 것이라고는 예상하지 못했다. 아무튼 밤은 깊을 대로 깊었

고, 주위에는 두 사람 말고 아무도 없었다.

선화는 나이가 어리고 몸이 허약하여 남녀 간의 은밀한 경험을 해 본 적이 없었다. 그러나 옅은 구름과 안개가 낀 물가에 서서 촉촉한 비를 맞는 버드나무 가지처럼 아름다운 교태를 지니고 있었다. 향기롭게 흐느끼는가 하면 부드럽게 속삭이기도 하고, 살짝 미소 짓는가 하면 가볍게 찡그리기도 했다.

벌이 꿀을 탐내듯, 나비가 꽃을 어루만지듯 주생은 조심스럽게 선화를 안으며 까마득한 무아지경47에 빠져들어 두 사람은 새벽이 가까이 온 것도 깨닫지 못하고 있었다.

꿈결엔가 문득 창밖의 꽃나무 가지에서 꾀꼬리가 맑게 지저귀는 소리가 들렸다.

주생은 깜짝 놀라 눈을 떴다. 급히 방문을 열고 내다보니 연못 곁의 별채는 조용한데 어느새 새벽안개가 뽀얗게 땅 위를 덮고 있었다.

큰일이었다. 사람들 눈에 띄기 전에 얼른 그곳을 빠져나가야 했다. 주생은 허둥지둥 옷가지를 챙겨 입고 서둘러 방을 나섰다.

선화가 주생을 배웅하고 방문을 닫으며 말했다.

---

47 **무아지경(無我之境)** : 마음이 어느 한곳으로 온통 쏠려 자신의 존재를 잊고 있는 경지

"마지막입니다. 다시는 오지 마세요. 이 은밀한 일이 한 번 새어 나가기만 하면 당신이나 저나 목숨을 부지하지 못할 것입니다."

그때 막 담을 넘으려던 주생은 가슴이 막히고 목이 메어 다시 걸음을 돌이켰다. 그러고는 다급히 달려가 닫힌 방문을 열었다.

"어떻게 그럴 수가 있겠소? 하루를 천 년처럼 기다려 오다 이제야 이룬 아름다운 인연을 쉽게 단념할 수 있을 턱이 없지 않소? 사람이 왜 그리 야박하십니까?"

선화는 방 안에서 주생을 내다보며 빙그레 미소 지었다. 깜짝 놀라 황급히 되돌아온 주생이 철없는 사내 동생처럼 귀여워 보이는 것이었다.

"그럴 리가요. 농담입니다. 너무 노여워하지 마시고 이따가 저녁에 다시 오십시오."

주생은 장난기 가득한 선화의 목소리를 듣고서야 마음을 놓았다.

밝아 오는 하늘을 가리키며 얼른 다시 담을 넘어 돌아가기를 재촉하는 선화의 초조함과 조금이라도 헤어짐의 시간을 늦추고 싶은 주생의 안타까움이 후원의 별당을 가득 채웠다.

주생은 마침내 다시 담장 쪽으로 뛰어가면서 연신 목소리를 냈다.

"그래야지. 아무렴 그렇고말고."

선화는 허둥지둥하는 주생의 뒷모습이 우스워 얼굴이 붉어졌다.

방문을 닫으니 다시 혼자가 되었다. 왠지 마음속이 이 방처럼 텅빈 것 같았다. 허전하고 쓸쓸했으며, 순간 기대감에 부풀었다가 이내 조금 걱정스러워지기도 했다.

'앞으로 우리 두 사람은 어떻게 되는 걸까?'

자신의 복잡한 마음을 달래기 위해 선화는 '초여름 새벽 꾀꼬리 소리를 듣다'를 제목으로 한 편의 시를 지어 창문에 걸었다.

비가 내린 후 하늘은 막막하고 흐리기만 한데,
풀밭은 포근하고 푸른 버들은 아름답네.
봄날 시름은 봄을 따라가지 않고,
새벽 꾀꼬리를 따라 다시 베갯머리로 날아드네.

그날 밤 주생은 약속대로 선화를 다시 찾아갔다. 달 없는 밤, 담을 몇 개나 뛰어넘어 선화의 거처에 무사히 도착했다. 우선 두리번두리번 주위에 누가 있지는 않은지 살폈다.

그때 갑자기 담장 아래 나무 그늘 속에서 스윽스윽 신발 끄는 소리가 났다.

'어이쿠, 어디로 숨는다? 아니면 무조건 뛰어 달아나야 하나?'

주생은 집안사람들 눈에 띈 줄 알고 당황하여 안절부절못했다.

탁!

그때 딱딱한 청매실 한 알이 날아와 주생의 등 한가운데를 정확히 맞혔다. 주생은 순간 등골이 오싹해졌다. 식은땀이 등골을 타고 흐르는 것이 느껴졌다. 마땅히 피할 곳조차 찾을 수 없었다. 주생은 '이제 죽었구나.' 하고 되는대로 대숲 속에 납작 엎드렸다.

얼마나 그렇게 있었을까? 신발 소리를 낸 사람이 천천히 다가오는가 싶더니 나지막한 목소리가 들려왔다.

"장랑, 두려워 마세요. 저예요. 그대의 앵앵이 여기 있습니다."[48]

그제야 주생은 선화에게 속은 것을 알고 옷을 털며 일어났다. 다행스럽기도 하고 사내대장부의 꼴이 말이 아니어서 얼른 선화의 허리를 꼭 끌어안았다.

"왜 그렇게 사람을 놀라게 하는 거요?"

주생은 민망함을 애써 감추어 보려고 화가 난 듯이 말했다.

"제가 어찌 감히 낭군을 놀라게 하였겠습니까? 낭군께서 지레 겁을 먹었을 뿐이지요."

선화는 생글생글 웃으며 계속 주생을 놀렸다.

"향을 훔치고 구슬을 도둑질한[49] 터에 어찌 겁이 나지 않겠소?"

주생은 남이 볼까 두려워 선화의 손을 급하게 잡아끌며 방으로

---

48 장랑(張郎), 앵앵(鶯鶯) :「회진기(會眞記)」, 일명 「앵앵전(鶯鶯傳)」에 나오는 남녀 주인공의 이름. 이 작품을 본뜬 작품 「서상기(西廂記)」의 주인공들 이름도 장랑과 앵앵이다. 여기서는 선화가 자신들의 사랑을 유명한 소설 속 인물들에 빗대어 이야기한 것이다.
49 남녀가 사사로이 정을 통함을 비유적으로 이른 말이다.

들어갔다. 방에 들어서자 가장 먼저 주생의 눈에 띈 것은 창문 위에 걸린 시구였다.

특히 마지막 구절에 자꾸 마음이 쓰였다.

봄날 시름은 봄을 따라가지 않고,
새벽 꾀꼬리를 따라 다시 베갯머리로 날아드네.

주생은 이 구절을 손으로 가리키며 말했다.
"남부러울 것 없는 선화가 무슨 근심이 있어 이런 시를 지었소?"
선화는 쓸쓸한 미소를 지으며 대답했다.
"여자의 몸으로 태어나면 근심과 더불어 일생을 보내게 되는 것이지요."
총명한 주생이었지만 선화의 말은 알듯 모를 듯했다.
"여자라서 할 수밖에 없는 근심이라? 무슨 뜻인지 설명해 줄 수 있겠소?"
"사랑하는 사람을 만나지 못했을 때는 어서 서로 만나기를 원하여 근심하고, 만나면 언제 서로 헤어지게 될까 두려워 근심하지요."
선화는 깊은 한숨을 쉬더니 다시 말을 이어 갔다.
"여자의 몸이 어디에 있은들 근심이 없겠습니까? 하물며 당신과 내가 매일 밤 이렇게 만나다 보면 당신은 '박달나무를 부러뜨렸다'50는 말을 듣게 될 것이고, 저는 '길가의 이슬에 젖었다는 치욕'51을 당하게 되겠지요."

주생은 선화의 걱정을 충분히 이해하면서도 당장 만남이 끊어질까 그것이 더 걱정이었다.

"그러니 들키지 않도록 좀 더 조심해야 하겠지요."

선화는 답답한 듯 한숨을 쉬고 나서 말했다.

"꼬리가 길면 언젠가는 잡히는 법입니다. 불행하게도 이것이 발각되기라도 하는 날에 우리는 어떻게 될까요? 가족을 비롯하여 친척들은 우리를 용납하지 않을 것이고, 마을 사람들도 우리를 천하게 여길 것입니다."

선화의 눈에 그렁그렁 눈물이 고이기 시작했다. 주생은 몹시 당황했지만 선화를 달랠 묘책이 얼른 생각나지 않았다.

"그대와 내가 서로 사랑하는 마음이 이토록 깊은데, 무엇이 우리를 갈라놓을 수 있겠소?"

마침내 선화의 눈에서 폭포처럼 눈물이 쏟아져 내렸다. 선화는 흐느끼며 말을 이어 갔다.

"우리가 서로를 철석같이 믿기만 하면 무슨 일이나 다 된답니

---

50 절단지기(折檀之譏) : 남의 집 담장을 넘어 처녀의 정조를 빼앗았다는 뜻으로 『시경(詩經)』 '정풍(鄭風)' 편의 「장중자(將仲子)」에 나오는 말이다.
51 행로지욕(行露之辱) : 이른 새벽이나 밤늦게 몰래 남자와 만나느라 이슬에 옷이 젖는다는 뜻. 『시경(詩經)』 '소남(召南)' 편의 「행로(行露)」에 나오는 말이다.

까? 손을 잡고 한평생을 함께 늙으려는 마음만으로 된다고요? 그런 말 마십시오. 우리의 만남은 구름 속에 가려진 달과 같고, 잎사귀 속에 숨은 꽃과 같습니다. 지금은 이렇게 만나는 즐거움을 누리지만, 오래갈 수 없을 것이니 어찌하겠습니까."

선화는 마침내 자신의 마음을 억누르지 못하고 원망과 서러움에 북받쳤다. 주생은 자신의 옷소매로 선화의 눈물을 닦아 주며 위로했다.

"대장부가 어찌 한 여인을 책임지지 못하겠소. 언젠가 부인께 말씀드리고 절차를 따라 정식으로 부부가 되면 해결될 일이 아니오? 내가 꼭 중매를 통해 혼약을 맺은 후 예를 갖추어 그대를 나의 신부로 맞이할 것이니 너무 걱정하지 마시오."

주생의 말에 선화는 푹 숙였던 고개를 들어 주생의 얼굴을 바라보았다.

"낭군께서 말씀대로만 하신다면 저는 참으로 기쁠 것입니다."

그제야 선화가 눈물을 거두었다.

"비록 제가 어리고 몸이 약해서 집안을 화목하게 다스리는 데는 부족할지 모르지만 조상님의 제사를 받드는 일만큼은 손색이 없도록 정성을 다하겠습니다."

그러고는 자리에서 일어나더니 조그만 손거울을 하나 가져왔다. 선화는 그것을 둘로 깨뜨려 나누더니 한쪽은 자기가 갖고 다른 한쪽은 주생에게 주었다.

"이 거울 조각은 동방화촉52의 밤까지 각자 한 조각씩 간직하기로 해요. 그리고 마침내 그때가 되면, 두 개의 거울 조각을 다시 하나로 합치는 거예요."

선화는 또 하얀 비단 부채를 주생에게 건네며 말했다.

"이 두 물건은 비록 하찮은 것이지만 간곡한 제 마음을 드러낸 것입니다. 낭군이 저를 이 세상 끝까지 함께할 아내로 생각하신다면, 혹 난새53를 탄 것 같은, 선녀처럼 아름다운 여자를 만나더라도 저를 쓸모없는 가을 부채54 버리듯 외면하지 말아 주세요."

거울과 부채를 받은 주생은 선화를 안아 주었다.

"그럴 리가 있겠소? 내게는 당신이 난새를 탄 선녀요."

선화는 주생의 말을 믿고 싶었지만 왠지 알 수 없는 조바심을 떨치지 못해 거듭 다짐을 받고 싶었다.

"그렇다면 혹시라도 훗날, 항아55가 그림자를 잃더라도 밝은 달빛을 사랑하는 것처럼, 제가 늙어 항아의 아름다움을 잃더라도 그때도 지금처럼 저를 어여삐 여기고 아껴 주셔야 합니다."

---

52 **동방화촉(洞房華燭)** : 혼례를 치르고 첫날밤에 신랑이 신부의 방에서 자는 의식
53 **난새(鸞-)** : 난조(鸞鳥). 중국 전설에 나오는 상상의 새로, 모양은 닭과 비슷하나 깃은 붉은빛에 다섯 가지 색채가 섞여 있으며, 소리는 오음(五音)과 같다고 한다.
54 **가을 부채** : 추풍선(秋風扇)에서 유래한 말이다. 추풍선은 가을 부채라는 뜻으로, 쓸모없는 물건을 가리킨다. 흔히 버림받은 여자를 비유하는 말로 쓰인다.
55 **항아(姮娥)** : 중국 고대 신화에서, 달 속에 있다는 선녀

"그렇게 하겠소. 당신을 아끼고 사랑하는 마음을 변치 않게 하리다."

주생은 선화가 준 거울 한 조각과 부채를 소중히 싸서 품속 깊이 넣었다. 선화는 그때까지도 자신의 미래를 걱정하고 있었지만, 자기와 친하게 지내던 배도가 이미 가을 부채처럼 버려진 여인이 되었다는 것은 깨닫지 못했다.

이날 이후 두 사람은 밤이면 만났다가 새벽이면 헤어졌는데 단 하룻밤도 거르는 법이 없었다.

연적56이 된 두 여인

승상 댁에 들어와 지낸 지도 꽤 오랜 시간이
지났다. 낮에는 국영과, 밤에는 선화와 시간을 보
내느라 다른 생각을 할 겨를조차 없는 날들이었다. 그러던 어느
날 주생은 문득 아차 싶었다. 배도가 생각난 것이었다.

'너무 오랫동안 배도를 혼자 남겨 두고 있었구나. 어떻게 지내고
있을까?'

주생은 어쩐지 배도가 마음에 걸렸다. 무슨 숙제처럼 한 번은
집에 다녀와야겠다는 생각이 들었다. 주생은 생각난 김에 사람을
시켜 승상 부인에게 잠시 집에 다녀오겠노라는 뜻을 전했다. 부인
은 흔쾌히 허락했고, 주생은 즉시 승상 댁을 나서서 배도의 집으
로 발걸음을 옮겼다.

처음부터 승상 댁으로 거처를 옮기는 것을 마땅찮아 하던 배도
였다. 귀한 책을 얻어 보려고 한다는 핑계를 대기는 했지만, 혹시

---

56 **연적(戀敵)** : 한 사람을 동시에 사랑하여 경쟁 관계에 놓인 사이

라도 마음이 떠났다는 의심을 품게 해서는 안 될 일이었다.

"아씨, 아씨! 나리가 오셨어요."

어린 계집종이 주생을 보자 호들갑을 떨었다. 주생이 왔다는 말
에 배도는 얼른 문을 열고 밖으로 나왔다.

"어찌 기별도 없이 이렇게 갑자기 오십니까?"

배도의 얼굴에는 반가운 기운이 역력했다. 주생은 왠지 안심이
되어서 집으로 오는 동안 내내 하던 걱정을 털어 버릴 수 있었다.

"그동안 적적하지 않았소? 낮에는 국영이 글공부를 시키고, 밤
에는 진귀한 책들을 읽느라 정신이 없었소. 그러다 보니 이렇게
시간이 빨리 지나 버렸구려."

배도는 오랜만에 찾아온 남편이 금방 다시 돌아간다고 할까 봐
주생의 옷깃을 부여잡으며 가볍게 눈을 흘겼다.

"글공부도 좋지만 이러다가 얼굴을 잊어버리겠습니다. 모처럼
오셨는데 오늘은 집에서 주무시고 가시겠지요?"

주생은 차마 거절할 수 없어 고개를 끄덕이고 다음 날 아침 일
찍 돌아가기로 했다.

한편, 승상 댁의 선화는 주생이 배도의 집에 다니러 갔다는 말
을 듣고 괜히 마음이 싱숭생숭해졌다. 갔다는 말은 전해 들었지만
언제 오리라는 말은 듣지 못했으니 답답한 것이었다. 혹시 저녁나

연적이 된 두 여인

절에 돌아올까 주생의 거처를 멀리서 살피며 기다려 보았지만, 해가 완전히 져서 날이 어둡도록 주생은 돌아오지 않았다.

선화는 문득 주생이 쓰는 방을 구경해 보고 싶은 생각이 들었다. 나다니는 사람이 없는 밤이었지만 조심스레 주위를 살피며 배회하던 선화는 불쑥 주생의 방문을 열고 얼른 들어갔다.

방 안에는 단출한 보따리 하나, 책 몇 권밖에 별로 눈에 띄는 것이 없었다. 이것저것 살펴보던 선화는 방 한구석에서 자그마한 비단 주머니 하나를 발견했다. 어쩐지 아끼는 물건이 들어 있을 것만 같았다. 선화는 호기심을 참지 못하고 주머니를 열어 보았다.

주머니 속에는 누군가 지은 노랫말이 적혀 있는 고운 비단 두어 폭이 들어 있었다. 선화는 거기 적힌 노랫말을 하나하나 읽어 내려갔다. 그것들은 애틋한 사랑의 마음을 전하는 글이었다. 선화는 순간 거센 질투의 감정에 사로잡혔다.

아무리 봐도 배도의 필적57이요, 글 솜씨였다. 그간 자주 만나 서로 노랫말을 짓고 곡을 붙여 보기도 했으므로 선화는 배도의 필적을 잘 알고 있었다. 게다가 배도의 집에 머물며 남편 행세를 하고 있던 주생이니, 이 주머니에 들어 있는 사랑 노래가 다른 사람의 것일 리가 만무했다.

한편으로는 배도와 같은 여인에게 질투를 느끼는 자신의 모습

---

57 **필적(筆跡)** : 어떤 사람이 써 놓은 글씨의 특징이나 그 생김새

에 한심한 생각이 들기도 했다. 그래서 더 화가 나는지도 몰랐다. 승상 댁의 귀한 규수가 천한 기생을 시기하는 것이 말이나 되는 가? 생각할수록 자존심이 상했다.

선화는 불 일듯 치미는 화를 이기지 못해 책상 위에 놓인 붓을 들고 비단에 쓰인 배도의 글씨를 모두 까맣게 지워 버렸다. 그리 고 그 아래에 직접 안아미의 노래58를 지어 써 내려갔다.

창밖 성긴 그림자 다시 밝게 흐르고,
조각달은 높은 누각 위에 떠 있네.
뜰에는 대나무 울어 대고,
오동나무 그림자는 집 안에 가득한데,
밤의 적막은 수심을 자아내네.

외로운 밤 방탕한 임은 소식조차 없으니,
어디서 한가히 노니는가.
생각 말자 하면서도,
멀리 떨어진 마음은 답답하여
앉아서 시간만 헤아리고 또 헤아리네.

---

58 안아미사(眼兒眉詞) : 송나라 때 사(詞)의 한 형식으로 남녀 간의 사랑을 주제로 한 악부의 제목이다. 전절과 후절이 각각 24글자로 구성되어 있다.

선화는 주생의 주머니 안에 자신이 쓴 시를 넣어 두고 방을 나왔다.

다음 날 주생은 어김없이 돌아왔다. 그리고 아무 일 없었다는 듯이 같은 시각에 선화를 찾아왔다. 선화는 질투의 빛을 드러내지도 않았고, 원망스러운 얼굴을 비치지도 않았다. 또 주머니를 열어 본 일도 말하지 않았다. 주생 스스로 깨달아서 자기에게 미안한 마음을 갖게 하려는 것이었다. 그러나 주생은 아무것도 눈치채지 못하고 태연자약했다. 다시 예전처럼 낮에는 국영을 가르치고, 밤이면 담을 몇 개씩 넘어 선화의 방을 찾을 뿐이었다.

그러던 어느 날이었다. 승상 부인이 주생을 위한 잔치를 베풀고 배도를 불러들였다.

"이보게 배랑, 주생의 가르침이 훌륭하고 덕 있는 행동으로 모범을 보이니 우리 국영이의 글공부가 눈에 띄게 늘었다네. 이게 다 주생처럼 뛰어난 스승을 우리에게 소개해 준 자네 덕분이 아니겠는가. 주생에게는 물론 자네에게도 고맙다는 인사를 하고 싶어서 이렇게 조촐한 자리를 마련했네."

승상 부인의 칭찬에 배도는 괜히 으쓱해졌다. 아무리 지체 높은 승상 부인이지만 엄격한 가풍을 지닌 탓에 남녀를 분별해야 하므로 주생과 직접 대화할 수는 없는 일이었다. 그러니 칭찬도 배도를 통해 전하는 것이고, 주생이 할 겸양59의 말도 배도를 통해 들어야 하는 것이다.

눈치 빠른 배도는 얼른 주생 대신 말했다.

"별말씀을 다 하십니다. 국영 공자60께서 워낙 영특하여 스스로 깨우친 것이 아니겠습니까?"

부인은 고개를 저으며 주생 쪽으로 시선을 잠깐 돌렸다가 다시 배도에게 말했다.

"주생이 부족한 내 자식을 부지런히 가르친 덕분이지. 그러니 내 기분이 좋아서 가만히 있을 수가 있겠나?"

부인은 손수 잔을 잡고 술을 한 잔 따라 배도에게 건네며 주생에게 권하게 했다. 배도는 공손히 잔을 받아 주생에게 전달했다.

처음에는 승상 부인 앞에서 몸 둘 바를 모르고 어려워하던 주생이었지만 잔을 비울 때마다 부인의 명에 따라 다시 술이 채워지니 금세 취기가 올랐다. 그러다가 마침내 몸을 가누기가 어렵게 되고, 얼마 지나지 않아 쓰러질 지경이 되었다.

부인은 배도에게 주생을 사랑채로 데려가 잠자리를 돌보아 주라고 명했다.

---

59 **겸양(謙讓)** : 자기를 내세우거나 자랑하지 않는 태도로 남에게 양보하거나 사양함.
60 **공자(公子)** : 지체가 높은 집안의 나이 어린 아들

배도는 술에 취한 주생을 부축하여 사랑채로 갔다. 주생은 방에 들어가자마자 쓰러져 곯아떨어졌다. 모처럼 만난 주생이 몹시 취해 잠을 자니 배도는 따분하고 무료했다. 게다가 낯선 곳이기도 해서 쉽사리 잠이 올 것 같지도 않았다. 배도는 홀로 앉아 방 안을 이리저리 둘러보았다. 그리고 방 한구석에서 주생의 비단 주머니를 보았다.

그것은 배도에게도 낯익은 물건이었다. 주생이 배도의 집에 머물 때 서로의 마음을 확인하듯 지은 노랫말들을 넣어 놓은, 소중한 추억과 간절한 언약을 간직한 주머니였다. 배도는 주머니를 끌러 다시 한 번 그때의 설레던 기억을 되살리고 변치 않는 서로의 사랑을 확인해 보고 싶었다.

주머니를 열어 글이 적힌 비단을 펼쳐 본 배도는 깜짝 놀랐다. 자신이 지은 노랫말이 새까맣게 먹물로 지워져 있는 것이 아닌가. 배도는 마음이 무척 언짢았다. 그리고 별생각이 다 들었다.

'누가 이런 짓을 했을까? 도대체 왜 그랬을까?'

의문의 답을 찾는 데는 오랜 시간이 걸리지 않았다. 자신의 글이 지워진 아랫부분에 '안아미의 노래'라는 낯선 글이 적혀 있었기 때문이다. 글의 내용은 낯설었지만, 글씨의 모양은 익숙했다.

'선화의 짓이었구나!'

선화가 배도의 필적을 잘 알고 있었던 것처럼, 배도 역시 선화의 필적을 단박에 알아보았다. 그동안 설마설마하면서도 믿기 싫

었던 일이 실제로 일어난 것이었다. 배도는 주생의 배신에 화가
치밀어 온몸이 부들부들 떨렸다.

당장 주생을 깨워 따지고 싶었지만 배도는 노래를 적은 비단 조
각을 자신의 소매 속에 감춘 다음 열어 본 티가 나지 않도록 주머
니를 싸맸다. 우선 날이 밝기를 기다리는 것이었다. 그대로 앉아
뜬눈으로 밤을 지새우면서 슬픔과 노여움은 쉼 없이 끓어올랐다.

날이 밝고 나서도 한참을 지나 해가 중천에 걸려서야 주생은 술
에서 깨어 일어났다.

"아니 배랑, 집으로 돌아가지 않고 여기 있었소?"

눈을 비비며 묻는 주생에게 배도는 침착하게 물었다.

"낭군께서 이곳에 있은 지가 오래되었는데 집에 돌아오시지 않
는 것은 어째서입니까?"

배도의 물음에 주생은 언제나처럼 대답했다.

"국영의 학업이 아직 다 끝나지 않았기 때문이오."

주생의 천연덕스러운 대답에 배도는 얼음장처럼 차가운 목소리
와 표정으로 쏘아붙였다.

"그러시겠지요. 모르는 남의 자식도 아니고 처남61을 가르치는
일이니 얼마나 공을 들이시겠습니까?"

---

61 처남(妻男) : 아내의 손아래 남자 형제를 가리키거나 부르는 말

연적이 된 두 여인

주생은 그만 가슴이 뜨끔했다.

"그게 도대체 무슨 말이오?"

영문을 모르겠다는 표정으로 우선 배도에게 시치미를 떼어 보았지만, 금세 얼굴이 달아올라 목까지 시뻘게졌다.

배도는 한참 동안 말이 없었다. 대답을 다그치는 것보다 말없이 기다리는 것이 사람을 더욱 두렵게 만들었다. 주생은 당황하여 어쩔 줄 몰랐다. 그저 고개를 푹 숙인 채 방바닥만 바라보고 있었다.

"이것을 보고도 시치미를 뚝 떼실 작정이세요?"

배도는 소매 속에 숨겨 두었던 비단 조각을 꺼내 주생의 앞으로 던졌다. 주생을 향한 자신의 마음이 새카맣게 뭉개지고 지워진, 그리고 새로 선화의 마음이 아로새겨진 증거나 다름없었다.

"담을 뛰어넘어 남녀가 서로 놀아나고, 담 구멍을 통해 서로 엿보며 희희낙락하는 것62이 군자가 할 일입니까? 낮에는 국영을 가르쳤다지만 밤에는 무엇을 하셨습니까? 진귀한 책을 읽기는커녕 규방의 처녀를 희롱한 것입니까? 지금 당장 들어가 이 사실을 승상 부인께 고하겠습니다."

---

62 『맹자(孟子)』「등문공하(滕文公下)」의 '부모의 명과 중매인의 말을 기다리지 않고 구멍을 뚫어 엿보고 담을 넘어 상종한다면 부모와 나라 사람들이 모두 천하게 여길 것이다.(不待父母之命 媒妁之言 鑽穴隙相窺 踰牆相從 則父母國人 皆賤之)'에서 온 말이다.

배도는 자리를 박차고 일어섰다. 다급해진 주생은 배도를 붙잡아 앉히고 그동안에 있었던 선화와의 일을 사실대로 자백하였다. 그리고 무릎을 꿇고 머리를 조아리며 애원했다.

"당신에게 먼저 이야기하지 않은 것은 내 잘못이지만, 선화와 나는 이미 백년해로하기로 굳게 언약한 사이입니다. 어찌 내 잘못 때문에 죄 없는 그녀를 죽을 지경에까지 몰아넣을 수 있겠소? 제발 진정하시오."

배도는 마지못해 다시 자리에 앉아 주생에게 말했다.

"그러면 지금 바로 저와 함께 돌아가셔야 합니다. 그렇게 하지 않는다면 낭군께서 먼저 저와의 언약을 저버리는 것이니, 저 역시도 맹세를 지킬 이유가 없습니다. 어떻게 하시겠습니까, 제 말대로 하시겠습니까?"

주생은 눈앞이 캄캄해졌다. 선화의 집을 떠나게 됨은 물론 앞으로 다시 만날 기약 없이 갑자기 헤어지게 되니 마른하늘에 날벼락이나 마찬가지였다. 그러나 앞뒤를 잴 겨를이 없었다. 무엇보다 당장의 불을 끄는 것이 가장 급했다. 그래서 부득이 이런저런 핑계를 대고 다시 배도의 집으로 돌아왔다.

주생이 배도의 집으로 돌아온 지 이십여 일이 지났다. 그동안 주생은 힘없이 앉아 멍하니 하루해를 보내곤 했다. 배도는 주생과 선화의 관계를 알게 된 뒤 몹시 못마땅하여 다시는 주생을 선량이라고 부르지 않았다.

함께 있으나 주생과 배도 사이에는 냉랭한 기운만이 맴돌았다. 주생은 배도의 원망에 찬 시선을 아는지 모르는지 자나 깨나 선화 생각뿐이었다. 하고 싶은 일도 없었고, 무엇을 할 만한 힘도 없었다. 주생은 날이 갈수록 몸이 여위고 얼굴은 초췌해졌다. 그러다가 언제인가부터는 아예 병을 핑계 대고 자리에서 일어나지도 않았다.

어느 날 아침이었다. 주생은 아무것도 먹지 않고 자리에 누워 힘없이 천장만 올려다보고 있었다. 바깥에 누군가 와서 기별을 전하는 소리가 났다. 이어서 배도가 화들짝 놀라는 소리, 탄식하는 소리가 연이어 들렸다.

잠시 후 배도가 방으로 들어와 주생에게 소식을 전했다.

"국영 공자가 어젯밤에 그만 세상을 뜨고 말았답니다."

순간 주생은 병치레하는 사람이라고 믿을 수 없을 만큼 벌떡 일어나 앉았다.

"뭐요? 국영이 세상을 떠나다니. 얼마 전까지만 해도 책상 앞에서 글을 읽던 모습이 눈에 선한데, 그사이에 무슨 일이 있었다는 말이오?"

주생은 믿을 수가 없었다. 타고난 약골이어서 늘 병치레를 하곤 했다지만, 어린 나이에 이렇게 갑자기 세상을 뜰 줄은 생각도 못했다. 자신의 가르침을 잘 믿고 따르던 총명한 제자를 잃은 슬픔은 자못 컸다. 게다가 국영이 죽었으니 선생 노릇을 하노라 하고 승상 댁에 다시 들어갈 명분도 사라지고 말았다. 자연스럽게 선화와 가까운 곳에 머물 방법도 더 이상 찾기 어려웠다.

주생은 서둘러 제물을 갖추고 승상 댁으로 향했다. 국영의 관 앞에 나아가 향을 사르고 전63을 올렸다. 국영의 영전에 마지막 예를 갖추고 돌아서던 주생은 멀리서 누군가 자신을 바라보고 있음을 느꼈다. 그래서 천천히 고개를 돌려 안쪽을 바라보았다.

아! 그곳에 선화가 있었다.

주렴 안에 홀로 서 있는 선화는 하얀 소복 차림에 엷은 화장을 했지만 백짓장처럼 창백했다. 건강이 좋지 않다는 것을 멀리서도 역력히 알 수 있을 정도였다. 사실 선화 또한 제 한 몸 버티고 서 있기조차 힘이 들었다. 급작스럽게 주생과 헤어져 만나지 못하는 사이 병이 든 것이었다.

나날이 병세가 깊어져 누군가의 부축 없이는 아무것도 할 수 없게 된 차에 동생마저 세상을 떠났으니 선화의 몸과 마음은 한꺼번에 무너졌다. 잠시 일어나 앉기도 힘들어하던 선화는 주생이 빈소64에 와 있다는 말을 듣고 억지로 자리를 털고 일어났다. 그렇게

---

63 전(奠) : 고인을 생시와 똑같이 섬긴다는 의미에서 상에 술과 과일, 포를 올리는 것을 말한다.
64 빈소(殯所) : 상을 당하여 상여가 나갈 때까지 관을 놓아두는 곳

두 사람의 눈길이 잠시나마 안타깝게 오가게 된 것이었다.

주생은 선화를 바라보며 남들이 눈치채지 못하도록 눈짓으로 애달픈 정을 표시했다. 하지만 조문객들 사이에서 줄지어 나가다가 '한 번만 더' 하고 다시 돌아보았을 때 이미 선화의 모습은 사라지고 보이지 않았다.

배도를 묻고 선화를 떠나다

국영의 빈소에 다녀온 뒤 몇 개월이 지났다. 그동안 주생과 선화가 상사병으로 자리에 누워 앓더니 이번에는 배도가 병이 들어 일어나지 못했다. 주생이 배신한 것을 알게 된 뒤부터 서운함과 억울함을 혼자 삭이다가 결국 화병으로 자리에 눕고 말았던 것이다.

배도는 주생의 무릎을 베고 회한 서린 눈물을 흘리며 말했다.

"이렇게 제 인생은 끝이 나나 봅니다."

주생은 우는 배도를 달래며 안타까운 표정을 지었다.

"무슨 말을 그렇게 하시오? 어서 기운 내어 일어나야지요."

배도는 주생을 원망하고 선화에게 질투를 느꼈지만, 처음부터 주생을 독차지할 욕심을 가졌던 것은 아니었다. 태생이 어찌 되었든 배도는 기생일 뿐이고, 주생은 어엿한 선비였기 때문이다.

지금 주생이 하는 위로가 마감되어 가는 인생을 안타깝게 여기는 진정에서 비롯된 것임을 배도는 알고 있었다. 하지만 주생이 선화에 대한 사랑을 포기할 수는 없다는 것도 잘 알고 있었다.

"저처럼 하찮은 신분의 여자가 이제껏 소나무 그늘처럼 든든한 당신을 의지하고 살 수 있었던 것도 어쩌면 다행입니다. 그러나 꽃다운 맹세를 지키지도 못하고 이렇게 시들 줄은 몰랐습니다. 이제 영원한 이별이 가까워……."

배도는 숨을 몰아쉬다가 얼굴을 찡그리더니 다시 말을 이었다.

"비단옷도 이제는 부질없고, 거문고와 피리로 연주하던 아름다운 음악도 이제는 끝났습니다. 낭군과 해로하고자 했던 지난날의 소원도 이미 어그러지고 말았습니다."

주생은 말없이 배도와의 짧은 행복을 돌아보았다. 배도가 이 지경이 된 것을 생각하면 어떤 말도 할 자격이 없는 것 같았다.

배도는 주생의 표정을 읽으며 마지막 유언을 남겼다.

"제가 죽고 나면 부디 선화를 배필로 맞이하고, 저의 유골은 낭군께서 오가는 길가에 묻어 주세요. 그러면 저는 죽은 뒤에라도 마치 살아 있는 것처럼 낭군의 모습을 바라보고, 두 사람의 행복을 축원할 것입니다."

배도는 겨우겨우 말을 끝맺고 기절해 버렸다.

"배랑, 정신 차리시오! 내 잘못을 꾸짖기 위해서라도 일어나시오."

배도는 한참 만에 다시 깨어났지만 주생을 꾸짖기 위해서는 아니었다.

"주랑이여, 나의 선랑이여. 부디 몸을 소중히 여기세요. 몸을 소중히……."

그러고는 마침내 숨을 거두고 말았다.

주생은 통곡했다. 배도의 지극한 사랑을 누구보다도 잘 알고 있는 주생이었다. 그의 마지막을 지킨 만큼 무거운 책임감을 느꼈다.

주생은 배도의 유언에 따라 그의 시신을 호숫가 큰길 곁에 묻었다. 그리고 무덤 앞에서 제문을 지어 읊었다.

모년 모월 모일, 매천거사[65]는 초황[66]과 여단[67]으로 제물을 갖추어, 배랑의 혼백을 위해 제를 올립니다.

꽃처럼 아름다운 정신과 달처럼 유연한 자태를 지녔던 그대여,
바람에 나부끼는 버드나무 가지처럼 춤도 잘 추었던 그대여,
그대는 이슬에 젖은 붉은 꽃처럼 고왔고,
골짜기의 그윽한 난초를 가져온 듯 향기로웠습니다.
회문시[68]를 지을 때는 소약란이 홀로 뛰어나도록 허락지 않았고,

---

65 매천거사(梅川居士) : 주생의 호
66 초황(蕉黃) : 파초에서 열리는 노란 열매. 바나나의 일종으로 볼 수 있다.
67 여단(荔丹) : 양귀비가 좋아했다는 붉은 열대과일 리치를 가리킨다. 초황과 여단을 제물로 쓴다는 말은 조선 시대 선비들의 제문에서 자주 보이는데, 당나라 한유(韓愈)가 유종원(柳宗元)을 위해 지은 글에서 유래되었다고 한다.
68 회문시(回文詩) : 처음부터 읽으나 끝에서부터 읽으나 뜻이 통하는 시. 소동파(蘇東坡)의 동생인 소약란(蘇若蘭)이 회문을 잘 지었다고 한다.

사[69]를 지을 때도 가운화[70]가 명성을 다투기 어려울 정도였습니다.

그대의 이름은 비록 기생 명부에 들어 있었지만,

그대의 굳은 의지는 마지막까지 정절을 지켰습니다.

이 자리에 선 주 아무개[71]는 바람에 날리는 버들개지처럼 호탕하게, 물 위의 부평초같이 외롭게 다녔습니다. 그렇게 방랑하다가 그대를 유혹하여 좋은 인연을 맺었고, 서로 만나며 이 사랑을 변치 말자는 약속까지 하였습니다.

우리가 영원히 함께하자며 굳은 맹세를 하던 그 밤에는 달빛이 환하게 빛났고, 구름 낀 창가의 밤은 고요했으며, 화원에는 봄빛이 화창했습니다. 이후 함께 좋은 술을 마시며 아름다운 곡조를 연주하기가 몇 번이었던가요.

아, 시간이 흘러 즐거움이 끝나고 슬픔이 생길 줄 누가 알았겠습니까? 비취색 이불이 따뜻해지기도 전에 원앙의 단꿈이 먼저 깨졌습니다. 즐거움은 구름처럼 어느새 사라지고 은혜로운 마음

---

69 **사(詞)** : 한문 문체의 하나. 당나라 때에 발생하여 송나라 때에 성행하였다. 시(詩)와는 다른 형식과 풍격을 지닌 운문 형식이나, 넓은 의미에서는 시라고 할 수 있다. 그러나 시가 음악과 완전히 분리된 뒤에 노래 가사로써 새로 생겨난 것이 사이므로 곡자(曲子)라고 불렀다.

70 **가운화(賈雲華)** : 명나라 초 이정(李禎)이 쓴 「가운화환혼기(賈雲華還魂記)」의 여주인공

71 **주 아무개** : 주생이 스스로를 지칭하는 표현이다.

은 비처럼 흩어졌습니다.

그대가 입던 비단 치마는 이미 빛이 바랬습니다. 그대가 찼던 옥패72에서는 더 이상 소리가 나지 않습니다. 다만 한 조각 노호73의 향기만이 아직 남았습니다. 붉은 거문고와 그대의 푸른 저고리는 은상 위에 덩그러니 놓여 있고, 옛집은 시비74 홍랑에게 맡겨 두었습니다.

아, 그대의 아름다운 모습은 더 볼 수 없고, 그대의 덕스러운 목소리는 잊을 수가 없습니다. 옥 같은 맑은 자태, 꽃다운 고운 얼굴이 눈에 선합니다. 하늘과 땅은 영원히 변치 않으니 망망대해와 같은 회한을 어이할까요? 멀리 타향에서 짝을 잃었으니 이제 그 누구를 믿을까요?

다시 옛날처럼 배를 타고 오던 길을 되돌아가려 하니, 호수와 바다는 넓고 험하며 하늘과 땅은 우뚝 솟아 있습니다. 천만 리 머나먼 길 외로운 조각배는 가고 또 가면서 무엇을 의지할까요?

이제 여길 떠나면 언제 또 와서 그대의 넋을 위로해 줄 수 있을지 기약하기 어렵습니다. 산에는 사라졌던 구름이 다시 돌아오고, 강에는 밀려갔던 물이 썰물 되어 되돌아오지만, 한번 간 그대

---

72 **옥패(玉佩)** : 옥으로 만든 패물
73 **노호(魯縞)** : 노나라에서 나는 아주 얇은 비단. 배도와 주생이 사랑과 맹세의 글을 주고받을 때 종이 대신 썼던 것
74 **시비(侍婢)** : 시중을 드는 계집종

는 다시 오지 못하고 적막함만이 남았습니다.

그대에게 올리는 이 술 한잔으로 마지막 이별의 정을 나누려고
하니
이 바람결에 혼령이라도 내게 와 부디 내 마음을 받아 가시오.

배도의 제사를 마친 주생은 시비들과 작별 인사를 했다.

"아씨가 안 계시더라도 이 집을 잘 지키도록 해라."

시비들은 눈을 동그랗게 뜨고 말했다.

"나리가 가시면 저희들은 어찌 살란 말입니까?"

주생은 우선 시비들을 안심시키는 수밖에 없었다.

"내가 훗날 뜻을 이루게 되면 반드시 너희들을 기억하고 돌봐
줄 것이다."

시비들의 눈에는 눈물이 뚝뚝 흘렀다.

"저희들은 배랑 아씨를 어머니처럼 모셨고, 아씨도 저희를 자식
처럼 생각해 주셨습니다. 이제 저희가 복이 없어 아씨를 일찍 여
의었으니, 오직 믿고 따를 분은 나리뿐입니다. 이제 나리마저 가신
다면 저희들은 누구를 의지하고 살아야 합니까?"

그렇게 말하고 더욱 서럽게 통곡하기 시작했다. 주생의 얼굴에
도 뜨거운 눈물이 흘러내렸다. 애써 뒤돌아선 주생은 배에 올라
노를 잡았지만, 눈물이 앞을 가려 노를 젓기 힘들 정도였다.

눈물을 뿌리며 배를 저어 가다 보니 어느새 날이 저물고 있었다. 주생의 배는 수홍교 밑을 지나고 있었다. 주생은 노 젓는 것을 잠시 멈추었다. 멀리 선화의 집이 보였다. 잠시 선화의 집을 아련하게 바라보았다.

'앞으로 선화를 다시는 만날 수 없겠지.'

선화의 방에서 흘러나오는 불빛이 어서 오라고 손짓하는 듯 깜빡이고 있었다. 선화와 지냈던 그 좋은 시절이 잠깐 뇌리를 스치더니 달아나고 있었다. 이제 아름다운 시절은 다 끝났다고 주생은 생각했다.

인연이 끊어졌다고 생각하자 주생은 하염없이 슬퍼졌다. 배 위에서 「장상사」75의 한 구절을 읊었다.

꽃밭에 안개 자욱하고 버들 숲에도 안개 가득
은밀한 소식을 봄빛이 전해 주리라 여겼더니
녹창76에서 깊이 잠드셨네.
좋은 인연이 곧 모진 인연이라
새벽녘 님의 방 불빛만 넋 잃고 바라보다가
되짚어 가는 뱃길, 구름은 물 끝으로 흐르네.

---

75 **장상사(長相思)** : '오랫동안 서로 그리워한다'는 뜻의 노래 제목
76 **녹창(綠窓)** : 부녀자가 거처하는 방

주생은 선화 생각을 하다가 배 위에서 뜬눈으로 밤을 지새웠다. 선화와 영영 이별할 생각을 하니 발길이 떨어지지 않았다. 그렇다고 머물자니 누구 한 사람 의지할 데가 없었다. 배도와 국영이 세상을 떠났기 때문이다. 백번을 생각해 보아도 좋은 수가 떠오르지 않았다. 그러는 사이 날은 이미 훤히 밝아 오고 있었다.

별수 없이 주생은 다시 노를 젓기 시작했다. 선화의 집과 배도의 무덤이 점점 멀어지고 있었다. 산굽이를 돌아 강이 굽어진 곳에 이르러 바라보니 완전히 보이지 않게 되었다.

부치지 못한 편지

 갈 곳을 정하지 못하고 하염없이 노를 젓고 있던 주생은 문득 호주77땅을 떠올렸다.

호주에는 주생의 외가 쪽 친척인 장씨 노인이 살고 있었다. 그는 호주의 소문난 갑부인데, 평소에 친척들과 화목하게 지내고 있었다. 지친 주생은 장 노인을 찾아가 당분간 머무르기를 청하기로 했다.

장 노인은 주생을 반기며 아주 극진히 대접했다. 덕분에 몸은 무척 편안했다. 하지만 선화에 대한 그리움은 갈수록 깊어만 갔다.

선화 생각으로 날마다 잠을 못 이루고 몸을 뒤척거리는 사이에 세월은 무심히도 흘렀다. 어느새 만력78 20년 임진년(1592년)의 봄이 되었다.

---

77 **호주(湖州)** : 전당 북쪽에 있는 도시. 중국 절강성 북부에 있다.
78 **만력(萬曆)** : 명나라 14대 황제인 신종의 연호. 1573~1619년

장 노인 집안의 극진한 보살핌에도 불구하고 주생은 나날이 야위었다. 이를 이상하게 여긴 장 노인이 보다 못해 그 까닭을 물었다.

"어디 불편한 데라도 있는가? 속 시원히 얘기를 해 보게나. 이리로 온 후 날로 핼쑥해져 가니 나중에라도 내가 자네 부모님을 뵐 면목이 있겠나? 우리 내외가 몹시 걱정이 되어 하는 말이네."

주생은 자신을 진심으로 걱정하는 장 노인 부부에 대해 예의를 갖추기 위해서라도 감히 사실을 숨길 수 없었다.

"얼마 전에 우연히 전당에 가서 잠시 머무르게 되었는데, 그곳에서 한 처자를 알게 되었습니다. 그런데 그 여인을 도저히 잊을 수가 없습니다."

장 노인은 주생 앞으로 조금 다가앉으며 조심스럽게 다시 물었다.

"전당에 사는 규수라……, 그렇다면 내가 알 만도 하지 않은가?"

주생은 잠시 머뭇거리다가 속마음 깊이 숨겨 두었던 이름을 털어놓았다.

"노 승상 댁 외동딸입니다. 이름은 선화입니다."

주생의 이야기를 들은 장 노인은 갑자기 무릎을 탁 치며 환한 미소를 지었다.

"자네에게 그런 사정이 있었다면 왜 진작 말하지 않았는가? 내 안사람이 노씨 아닌가. 돌아가신 노 승상 댁과는 같은 집안이나 다름없어 오래 전부터 아주 가깝게 지내는 사이라네. 내 자네를 위해 힘써 볼 테니 염려하지 말게."

다음 날, 장 노인은 아내에게 편지를 쓰게 하고 전당으로 하인을 보내 혼인을 의논했다.

한편, 전당의 선화 역시 주생과 이별한 후 침상에 누워만 지냈다. 나날이 병색이 짙어져 얼굴이 말이 아니었다. 승상 부인은 선화의 병이 주생 때문에 생긴 것을 뒤늦게 알았다. 그러나 주생이 이미 떠나 버린 뒤라 어쩔 수 없이 애만 태우고 있었다. 그러던 차에 생각지도 못했던 노씨 부인의 편지를 받게 된 것이다.

노 승상 집안의 기쁨은 이루 말할 수 없었다. 누워만 있던 선화는 힘을 내어 침상에서 일어났다. 세수를 하고 머리도 빗고 하면서 몸단장을 예쁘게 했다. 그러고는 여종에게 먹을 갈아 달라고 했다. 선화는 붓에 먹물을 찍어 비단에 편지를 써 내려가기 시작했다. 편지를 쓰면서 선화는 예전의 모습을 서서히 되찾아 가는 듯했다.

생각지도 않은 소식을 받은 승상 부인 또한 일단 딸을 살리고 보자는 생각에 주생과 선화의 혼인을 서둘렀다. 마침내 임진년 9월로 혼인날이 정해졌다.

주생은 날마다 포구로 나가 전당에 간 하인이 돌아오기를 기다렸다. 아흐레째 되던 날, 드디어 하인이 돌아와 정혼한 사실을 전하였다.

"나리, 선화 아가씨께서 전해 드리라고 주신 편지입니다."

하인은 선화의 편지를 주생에게 전해 주었다. 주생은 반가움에 급히 편지를 뜯었다. 편지를 펼치니 선화의 분 냄새가 코를 아릿하게 했다.

편지에는 주생을 그리워하는 선화의 마음이 절절하게 나타나 있었다. 그런데 눈물 자국 때문인지 편지의 글씨가 이리저리 번져 있었다. 선화의 슬픔과 회한이 얼마나 컸던 것인지 능히 짐작하고도 남았다. 주생은 가슴이 먹먹해져 천천히 숨을 고르며 읽어 내려갔다.

박복한 여인 선화가 목욕재계하고 주랑께 글을 올립니다.
그간 어떻게 지내셨는지요?
뜻밖의 소식을 전해 듣고 기뻤습니다.
죽지 않고 살아 있었던 것이 참 다행이라는 생각을 처음으로 했습니다.

저는 본래 허약한 체질로 태어나 깊은 규방에서 자랐습니다.
꽃다운 시절이 빨리 지나가는 것을 생각할 때마다 늘 거울을 들여다보며 혼자 한숨을 쉬었습니다. 가끔 남녀 간의 사랑을 생각해 보며 은근한 마음을 품었어도 막상 사람을 대할 때면 부끄러워했지요. 길가의 버들가지를 보면 봄의 정취에 알 수 없는 이끌림을 느꼈고, 나뭇가지 위에서 우는 꾀꼬리 소리를 들으면 새벽녘 그리움에 정신이 몽롱해지곤 했습니다.

어느 날 밤, 당신은 담을 넘고 또 넘어 저를 찾아오셨지요. 고운 나비가 뜻을 전해 주고, 새가 길을 알려 주며, 동쪽 하늘의 달이 낭군을 문까지 안내한 것이었을까요? 그렇게 담을 넘어오셨는데, 제가 어찌 제 몸을 아낄 수 있었겠습니까. 선약79을 달이려고 인간의 세계에 내려와 일은 마쳤지만 옥경80에 올라가지 못한 선녀처럼, 저는 거울을 둘로 나누어 가지며 당신과 함께 부부의 인연을 맺기로 굳게 맹세했지요.

그러던 것이 호사다마81하여 좋은 시절을 다 놓치고 말았습니다. 그대를 사랑하는 마음은 그때나 지금이나 변함없지만, 몸이 점점 여위어 감을 슬퍼합니다. 낭군께서 떠나신 뒤 봄은 다시 왔지만 당신의 소식은 끊어졌지요. 배꽃 위에 비 내리고 황혼 빛이 문을 비출 때면 잠을 이루지 못하고, 당신을 생각하며 저는 자꾸만 수척해졌습니다. 비단 휘장은 낮에도 쓸쓸하기만 하고, 촛불을 밝힐 일 없으니 밤은 어둡기만 합니다.

하룻밤에 몸을 그르쳐 백 년의 정을 품으니 이미 시들어 가는 몸이지만 당신만을 생각합니다. 밤이면 달을 보고 눈물을 흘립니

---

79 **선약(仙藥)** : 먹으면 죽지 않고 오래도록 산다는, 신선이 만든 약
80 **옥경(玉京)** : 선계(仙界)의 도성(都城). 하늘 위의 옥황상제(玉皇上帝)가 산다고 하는 가상적인 서울을 의미한다.
81 **호사다마(好事多魔)** : 좋은 일에는 흔히 시샘하는 듯이 안 좋은 일들이 많이 따름.

부치지 못한 편지

다. 당신 생각으로 간장이 녹고 만나고 싶은 마음 간절하지만 갈 수 없는 신세입니다. 만약 이런 일이 있을 줄을 미리 알았다면 아예 태어나지 말 걸 그랬습니다.

이제 낭군께서 사람을 보내어 청혼을 했으니 결혼 날짜가 손꼽아 기다려집니다. 하지만 당신이 이곳에 계시질 않으니 저 혼자 초조하여 견딜 수가 없습니다. 병은 나날이 깊어져 꽃 같은 얼굴 엔 광채가 사라졌고, 구름 같은 머릿결은 윤기를 잃었습니다. 만약 당신이 지금 여기 오셔서 제 모습을 보게 된다면 예전처럼 사랑하는 마음이 생기지 않을지도 모르겠습니다.

이제 와서 아무것도 바랄 것이 없습니다. 다만 품고 있는 제 마음을 다 쏟지 못한 채 문득 아침 이슬과 같이 저세상으로 사라진다면, 멀고 먼 황천길[82]을 가는 제 넋의 한이 얼마나 많을까 두려울 뿐입니다. 아침에 낭군을 뵙고 저의 속마음을 하소연할 수만 있다면 저녁에 죽더라도 원망하는 마음이 생기지 않을 것 같습니다. 당신이 계시는 곳은 구름 가득한 산을 넘어야 할 만큼 멀리 떨어져 있으니, 편지로 소식을 전하기도 쉽지 않겠지요.

이제 목을 길게 빼고 당신이 오실 날만 기다립니다. 뼈는 녹고 넋은 사라질 지경입니다.

---

82 황천길(黃泉-) : 죽어서 저승으로 가는 길

호주 땅은 기후가 좋지 않아 질병이 많다고 들었습니다. 낭군님은 부디 몸조심하십시오. 끝으로 이 편지에 다하지 못한 말은 돌아가는 기러기에게 부탁하여 전하겠습니다.

모월 모일 선화 올림.

편지를 읽고 난 주생은 꿈을 꾸다 막 깨어난 것만 같고, 술에 취했다 이제야 정신이 든 것처럼 슬프기도 했고 기쁘기도 했다. 결혼을 하기로 약속한 9월을 손가락으로 세어 보니 너무 멀게 느껴졌다.

그래서 결혼할 날짜를 좀 더 앞당겨 줄 것을 장 노인께 요청했다. 장 노인은 하인을 다시 전당에 보내기로 하였다. 주생은 선화의 편지에 바로 답장을 썼다.

방경83에게

삼생의 인연이 깊어 천 리 밖에서 온 편지를 받았습니다. 한때인들 잊은 적이 있겠습니까마는 그대의 손길이 닿은 물건을 보니 그리워하는 마음이 더욱 샘솟습니다.

---

83 방경(芳卿) : 선화의 자(字)

지난날 나는 그대의 집에 발걸음을 들이고, 아름다운 수풀에 몸을 의탁하였다가 춘심[84]이 일어났습니다. 마침내 운우지정[85]을 억제할 수 없어 꽃 사이에서 약속을 맺고 달 아래에서 인연을 이루었습니다. 그때는 외람되게도 많은 은혜와 사랑을 받았고, 지금 생각해 보면 턱없이 자신만만하게 굳은 맹세를 하였습니다. 이 세상에 있는 동안에는 당신에게 받은 그 은혜를 갚을 도리가 없으리라 여겼습니다.

　　인간의 행복을 조물주가 시샘하여 하룻밤의 이별이 끝내 해를 넘기는 슬픔이 될 줄 어찌 알았겠습니까? 당신이 있는 곳과 내가 사는 곳이 산과 바다로 가로막혀 멀리 떨어져 있으니, 이 몸은 오(吳)나라 구름 속에서 우는 기러기요, 초(楚)나라의 산골짜기에서 우는 원숭이 신세와 같습니다.[86] 이제 친척의 집에 몸을 의지하여 홀로 잠을 자니, 나무토막이나 돌덩이가 아니고서야 어찌 외롭고 쓸쓸하고 서럽지 않겠습니까?

　　아, 방경! 이별한 후 나의 심정이 어떠했을지 그대는 알 것입니다. 그대만이 알 수 있을 것입니다. 옛사람들은 하루를 못 만나는

---

84 **춘심(春心)** : 남녀 사이의 정욕
85 **운우지정(雲雨之情)** : 남녀 사이에 육체적으로 관계를 맺는 사랑. 구름 또는 비와 나누는 정이라는 뜻으로, 중국 초나라의 회왕(懷王)이 꿈속에서 어떤 부인과 잠자리를 같이했는데, 그 부인이 떠나면서 자기는 아침에는 구름이 되고 저녁에는 비가 되어 양대(陽臺) 아래에 있으리라고 했다는 고사에서 유래한 말이다.
86 외로운 심정과 처지를 가리키는 관용적 표현

것이 삼 년과 같다고 했지요. 헤아려 보니 당신과 내가 헤어져 있었던 한 달은 구십 년이나 다름없습니다. 지금이 봄인데 9월까지 기다려 혼인해야 한다면, 차라리 거친 산중의 마른 수풀 속에서 나를 찾는 것이 나을 것입니다.

그대를 향한 나의 마음을 다 담을 수 없습니다. 그대에게 하고 싶은 말이 너무 많습니다. 그러나 목이 메고 눈물이 앞을 가려서 더 이상은 쓸 수 없습니다. 무슨 말을 더 할 수 있겠습니까?

주생이 이렇게 편지를 써 놓고 아직 부치지 못하고 있던 중이었다. 마침 조선에 전쟁이 일어났다. 왜적의 침략을 받은 조선은 명나라에 급하게 구원병을 요청하였다.

황제는 명나라를 지성으로 섬기는 조선을 돕지 않을 수 없었다. 만약 조선이 전쟁에서 패하면 압록강 서쪽의 명나라 땅도 결코 무사할 수 없을 것이었다. 한 나라의 존망이 걸린 일이기도 하기에 황제는 조선의 구원병 요청을 받아들였고, 도독[87] 이여송[88]에게

---

87 **도독(都督)** : 중국이 외지를 통치하기 위해 세운 지방 통치 기구 도독부(都督府)의 우두머리

88 **이여송(李如松)** : 명나라 말기의 장수로 임진왜란 때 파견된 명나라 장군의 한 사람이다. 요동(遼東) 철령위(鐵嶺衛) 출생이다. 명나라로 귀화한 조선인 출신의 명나라 요동총병관(遼東總兵官) 이성량(李成樑)의 아들이다.

군대를 이끌고 가서 왜적을 토벌하라고 명하였다.

조선을 다녀온 행인89 설번90은 조선의 실정을 소상히 아뢰었다.

"북쪽 사람들은 지상전에 강해서 오랑캐를 잘 방어하고 남쪽 사람들은 해전에 강하므로 왜적을 잘 방어합니다. 그렇기 때문에 이번 전쟁은 남쪽 병사들이 아니면 이기기 어렵다고 생각합니다."

이에 황제는 남쪽 연안의 호남 지방과 절강 지방의 여러 고을에서 다급하게 병사를 모집하였다.

주생이 사는 호주 고을도 절강 지방에 속해 있으니 예외가 될 수 없었다. 게다가 출정할 군사들을 지휘할 유격 장군 모씨는 평소에 주생을 잘 알고 있었다. 그래서 이번 전쟁에 주생을 꼭 데려가려 했다. 장군은 주생을 징발하여 서기(書記) 일을 담당하도록

---

89 행인(行人) : 명나라 때 황제의 교지(敎旨)를 전달하고, 조선에 대한 외교 업무를 담당하였던 관청 행인사(行人司)에서 일하는 관리. 요즘의 외교관이다.

90 설번(薛藩) : 임진왜란 때 지원군 파병을 알리는 황제의 칙서를 가지고 조선에 온 명나라의 관리. 임진왜란 직전 명나라는 일부 잘못된 정보와 조선이 일본군을 안내하여 명을 침략한다는 소문 때문에 의심을 가지고 있었다. 그래서 조선이 명에 지원을 요청한 뒤에도 다양한 경로를 통해 조선의 의도를 파악하기 위해 노력했다. 결국 실제로 일본이 조선을 침략했음을 파악하게 된 명은 조선에 사신을 파견하여 대군(大軍)을 편성해 출동할 것임을 알렸다. 당시 만력제의 칙서를 가져와 명 대군의 출동을 알렸던 사신이 바로 설번이었다. 그는 또 명나라 조정에 조선의 입장을 변호하는 내용의 보고서를 올렸다. 설번의 보고는 명이 조선에 대한 의심을 풀고 지원에 보다 집중할 수 있도록 했다.

했다. 주생은 결혼을 앞두고 있어 한사코 사양했으나 뜻대로 되지
않았다.

마침내 주생은 유격 장군 모씨를 따라 병사들과 함께 조선으로
향하는 먼 길을 떠났다.

송도⁹¹에서 만난 주생

 주생이 조선의 평안도 안주에 머무를 때였다.
하루는 백상루⁹²에 올라 고풍 칠언시⁹³를 지었다.
그 전편은 잃어버리고 오직 마지막 네 구절만 남아 있다.

시름에 겨워 떠나와 강가의 누각에 홀로 오르니,

저 너머 푸른 산들은 몇 겹이나 되는가?

고향을 바라보는 내 눈길은 잘도 막으면서,

시름이 내게로 오는 길은 막지 못하는구나.

---

91 **송도(松都)** : 고려의 옛 도읍이었던 개성을 가리킨다.

92 **백상루(百祥樓)** : 평안남도 안주군 안주읍에 있는 고려 시대의 누각. 관서팔경(關西八景) 가운데서도 첫째로 꼽혀 '관서제일루(關西第一樓)'라고까지 하였다. 언제 지었는지는 정확히 알 수 없으나, 14세기 고려 충숙왕이 쓴 시에 백상루에 대하여 읊은 구절이 있는 것으로 보아 그 당시보다 훨씬 이전부터 있어온 것으로 보인다. 6·25 때 파괴 소실되었다.

93 **칠언시(七言詩)** : 한 구가 일곱 글자로 된 한시

임진년이 지나고 계사년(1593년) 봄이 왔다. 명나라 군사가 왜적을 크게 이기고 경상도까지 추격했다. 하지만 주생은 밤낮으로 선화를 그리워하다가 마침내 깊은 병이 들었다. 결국 군대를 따라 남쪽으로 내려가지 못하고 송도에 머물러 있게 되었다.

나[94]는 일 때문에 송도에 갔다가 숙소에서 우연히 주생을 만나게 되었다. 입은 옷을 보니 조선에 파병된 명나라 군사라는 것을 금세 눈치챌 수 있었다. 그는 몹시 피곤해 보였고, 무슨 병이 든 것처럼 초췌했다.

나는 부쩍 호기심이 나서 그와 이야기해 보고 싶어졌다. 하지만 나는 중국말을 할 줄 몰랐다. 그래서 시험 삼아 조선말로 말을 걸어 보았는데, 역시 그는 내 말을 알아듣지 못했다.

잠시 후 나는 몇 마디 글을 써서 주생에게 보여 주었다. 주생은 몹시 반가워했다. 그 역시 이곳의 사람들과 말이 통하지 않아 그동안 답답함을 느끼고 있었던 것이 틀림없었다.

주생은 나에 대한 경계를 완전히 풀고 글을 주고받으며 대화했다. 오랜만에 뜻이 통하는 친구를 만난 것처럼 나를 아주 정성스럽게 대접하려는 태도마저 보였다. 분위기가 무르녹아 마음을

---

94 이 이야기를 지은 권필 자신을 가리킨다. 이 작품은 권필이 명나라 선비 주생을 만나서 들은 이야기를 풀어내는 형식으로 되어 있다.

터놓을 정도가 되었을 때 나는 조심스럽게 병이 난 까닭을 물어보았다. 하지만 주생은 처량하고 슬픈 표정만 지을 뿐 대답하지 않았다.

이날 비가 오는 바람에 나는 숙소를 떠나지 못하고 일정을 미루어 하룻밤을 더 묵게 되었다. 덕분에 주생과 함께 등불을 밝히고 밤새도록 글로 이야기를 나눌 수 있었다.

주생이 답사행95 한 수를 지어 나에게 보여 주었다.

외로운 그림자는 기댈 곳이 없고,

이별의 아픔은 털어놓기 어려운데,

어둠 속 돌아가는 기러기는 강가 나무에 닿았네.

객사의 희미한 등불에도 이미 마음이 섬뜩한데,

황혼에 내리는 빗소리를 어찌 또 들을까?

낭원96은 구름 속에 아득하고,

영주97는 바다에 막혀 있으니,

---

95 답사행(踏莎行) : '풀밭을 걷는다'는 뜻의 악부 제목
96 낭원(閬苑) : 곤륜산(崑崙山)의 꼭대기에 있다는, 신선이 산다는 곳
97 영주(瀛州) : 신선이 산다고 여겨지는 동쪽 바다 가운데에 있는 산. 낭원과 영주 모두 선화가 있는 곳을 빗댄 말이다.

옥루⁹⁸의 구슬주렴은 어디쯤에 있는가?

외로운 이 몸이 물 위의 부평초처럼 흘러가,

하룻밤 사이 오강⁹⁹에 닿을 수만 있다면.

나는 주생이 쓴 노랫말을 손에서 놓지 않고 두 번 세 번 읽다가 그 속에 의미심장한 사연이 담겨 있음을 알았다.

"주생, 누구를 이렇게 그리워하십니까?"

주생은 머뭇거리다가 이제 더 이상은 감추기 어렵다고 생각한 것 같았다.

"그 여인은 나와 혼인을 하려고 했던 사람입니다."

주생은 이어 그동안 있었던 모든 일을 처음부터 끝까지 자세히 이야기하며 하염없이 눈물을 흘렸다. 그러고 나서 내게 마지막으로 간곡히 부탁했다.

"우스운 일이니 행여 다른 사람들에게는 얘기하지 마시기 바랍니다."

쓸쓸히 말하는 주생의 나이는 이제 스물일곱이었다. 그 훤칠한 용모가 마치 그림과도 같았다.

---

98 **옥루(玉樓)** : 말 그대로는 화려하고 아름다운 누각이나, 문인이 죽은 뒤에 간다는 하늘의 누각을 뜻하는 말로 쓰인다. 문인이나 묵객(墨客)의 죽음을 빗대어 이르는 말이다.

99 **오강(吳江)** : 전당강(錢塘江)의 다른 이름이다.

송도에서 만난 주생

나는 그의 아름다운 시와 노래, 그리고 그들의 기이한 만남에 탄식했고, 그들의 아름다운 기약이 서글프기만 하였다. 그래서 그와 헤어진 뒤, 내가 얻은 감동과 주생과의 우정을 기념해야 할 것만 같아 붓을 잡고 이처럼 이야기를 쓰게 되었던 것이다.

주생전

작품 해설

「주생전」 꼼꼼히 들여다보기

1. 주생이라는 청년, 풍운아(風雲兒) 혹은 바람둥이

주생은 어려서부터 남다른 총명함으로 쉽게 선망의 대상이 된 인물이다. 주위의 평가는 물론이고 스스로도 대단한 자부심을 가지고 있었다. 그러나 과거 시험에 몇 번 실패한 이후 벼슬살이에 뜻이 없어 방랑의 삶을 살기로 결심한다.

먹고사는 일에 큰 걱정을 하지는 않아도 되는 형편이었나 보다. 가진 돈을 털어 배를 사고, 장사할 물건을 마련하는 것으로 보아 찢어지게 가난한 선비는 아니다. 또한 가진 돈을 장사 밑천으로 다 써 버리더라도 자신의 능력과 수완으로 이후의 생계를 이어 나갈 자신이 있다.

"그럼, 이제 어디로 가려는가?"
주생은 껄껄 웃으며 대답했다.

"바람이 부는 대로 흘러가겠지. 내 인생에 정처가 있겠는가?"

그렇게 친구와 작별하고 배로 돌아왔을 때는 날이 이미 저물어 주위가 어두컴컴해져 있었다. 주생은 배를 물 한가운데 풀어놓은 채 삿대에 기대어 잠이 들었다.

방랑의 시작 직전에 찾아간 친구 나생과의 대화 부분이다. 유유상종이라는 말도 있듯이 나생 또한 주생처럼 재주 많은 선비이지만, 관계에 진출하지는 않은 인물인 것 같다. 나생이 주생의 정처를 묻자 주생은 바람 부는 대로 인생을 맡겨 버리겠다는 대답을 한다. 마치 유랑 혹은 방랑이 자신의 체질인 것처럼 말이다.

주생의 말대로 불어오는 바람과 물길에 맡긴 배는 마치 정처가 있었던 것처럼 그의 고향인 전당에 가 닿는다. 그리고 전당에서 옛 소꿉친구인, 지금은 기생이 된 배도를 만난다. 성숙한 여인으로 자라난 배도의 모습에 주생은 이성적인 이끌림을 경험한다. 그리고 헛된 약속 끝에 배도를 자신의 여자로 쟁취한다.

주생이 배도에게 한 약속은 첫째 '배도를 배신하지 않을 것', 둘째 '입신양명 후에 배도를 기생 신분에서 빼내어 줄 것' 등으로 요약된다. 하지만 그 약속을 지키려고 노력하는 모습은 보이지 않는다. 심지어는 배도와 사실혼 관계를 유지하는 도중 또 다른 여성에게 연정을 느끼기까지 한다.

소녀의 아름다운 모습을 홀린 듯 바라보고 있던 주생은 넋이 반쯤 나가 버렸다. 선녀가 따로 없었다. 얼굴은 화끈 달아오르고 가슴이 쿵쿵 뛰었다. 첫눈에 반한 것이다.

혼미해지는 마음을 가다듬고 정신을 차리자, 소녀의 옆에 낯익은 여인이 앉아 있는 것이 보였다. 배도였다. 배도는 그 소녀에 비하면 봉황 앞에 있는 까마귀나 올빼미라고나 할까. 아니면 옥구슬 앞에 있는 자갈이나 조약돌쯤 될까. 전당 땅에서 아름다운 자태를 자랑하는 배도라지만 소녀의 옆에 함께 있으니 한없이 초라하고 보잘것없어 보였다.

배도의 존재가 아니었다면 주생이 자신의 운명적 연인이라고 여기는 선화와의 만남은 이루어지지 않았을 것이다. 어느 날 배도의 뒤를 밟았다가 승상 댁의 규수인 선화를 알게 된 것이다. 배도에 얼마 후 선화까지 자신의 여인으로 쟁취하기 위한 주생의 계획과 실행은 치밀하다. 그러나 일단 자신의 여인으로 만든 후에는 예의 무책임한 모습으로 되돌아간다.

선화 또한 주생에게 자신을 의탁하기 전 몇 가지 약속을 받는다. 대책 없는 만남을 지속할 수는 없으니 정식으로 절차를 밟아 혼인할 것을 요구하는 것이다. 주생은 이번에도 굳은 맹세를 하지만 구체적인 실행은 하지 않는다.

그러던 중 배도가 주생과 선화의 관계를 알게 되고, 선화 또한 배도를 자신의 경쟁자로 여기게 된다. 배도와 선화 두 사람은 거센 질투심에 사로잡힌다. 결국 이야기는 파국을 향해 치닫는데, 주생은 강제로 선화의 곁을 떠나게 되고, 곁에 있던 배도마저 세상을 떠난다.

　　주생은 선화 생각을 하다가 배 위에서 뜬눈으로 밤을 지새웠다. 선화와 영영 이별할 생각을 하니 발길이 떨어지지 않았다. 그렇다고 머물자니 누구 한 사람 의지할 데가 없었다. 배도와 국영이 세상을 떠났기 때문이다. 백번을 생각해 보아도 좋은 수가 떠오르지 않았다. 그러는 사이 날은 이미 훤히 밝아 오고 있었다.
　　별수 없이 주생은 다시 노를 젓기 시작했다. 선화의 집과 배도의 무덤이 점점 멀어지고 있었다. 산굽이를 돌아 강이 굽어진 곳에 이르러 바라보니 완전히 보이지 않게 되었다.

　　두 여인을 한꺼번에 잃은 주생은 깊은 절망감을 느낀다. 어쩌면 자업자득이다. 눈앞에 보이는 것만을 사랑으로, 행복으로 누릴 줄 알았지, 미래를 내다보지 못하고 미리 준비하지 않은 바람둥이의 비극적 최후인 것이다.
　　당시의 풍습에 비추어 볼 때, 선비인 주생이 배도에게 먼저 사정을 알리고 선화와 결혼하는 절차를 밟았다면 별로 문제될 것이 없었을 것이다. 신분상 귀족에 속하는 주생과 선화가 혼인하고 배도를 소실로 맞이하거나, 아예 배도를 기생 명부에서 벗어나게 하여 양인100의 지위를 회복시키는 데 합의했다면 누구도 비극적 최후를 맞이하지 않았을 것이다.

2. 배도의 사랑과 질투, 신분의 한계를 넘지 못한 비극

「주생전」의 여성 인물은 충분히 매력적이다. 그 중 배도의 형상은 기생이라는 신분을 스스로 극복하고 그것에서 벗어나려는 일종의 근대적 사유를 보여 준다는 점에서 특기할 만하다.

> "혹시 압니까? 여기 계시다 보면 제가 낭군님께 아름다운 신붓감을 구해 드리게 될지."

주생에게 자신의 몸을 허락하기 전에 벌이는 이 '밀고 당기기'는 철저한 계산 아래 실행된 것이다. 주생을 남성으로서 사랑한 것뿐 아니라 자신의 처지를 현재의 상황에서 이상적 방향으로 이끌어 낼 조력자로 적극 활용하려 하는 것이다.

자신은 아직 기생 신분이니 소실로 만족하겠다는 것이 진짜 속

---

100 양인(良人) : 양천제(良賤制)에서 천인(賤人)과 함께 인민의 신분 범주를 이분법적으로 표현하는 법제적 규범. 즉 천인이 아닌 사람

마음은 아니었을지 모른다. 신분에 걸맞은 규수를 소개시켜 주겠다는 말은 자신의 신분 상승을 위해 그것을 도와줄 주생에게 던지는 일종의 보상, 즉 미끼이다.

"(…전략…) 저의 집안은 중앙 귀족이 부럽지 않은 호족이었습니다. 하지만 할아버지께서 천주의 시박사 벼슬에 천거되어 일하시다가 죄를 지어 평범한 백성이 되었습니다. 이때부터 저희 집안은 가세가 기울어 다시는 일어나지 못하게 되었지요. 게다가 부모님마저 일찍 돌아가시자 저는 남의 손에 길러져 오늘에 이르렀습니다. 정조와 순결을 지키며 여염집 여식처럼 평범하게 살고 싶었지만, 저도 모르는 사이에 이름이 이미 기생 명부에 올라 부득이 다른 남자들과 즐기며 노는 인생이 되었습니다. (…중략…) 제가 비록 천하고 못난 여인이지만, 오늘 밤 낭군 곁에서 함께하기를 원합니다. 낭군께서 앞으로 벼슬길에 오르셔서 제 이름을 기생 장부에서 빼주시기만 하신다면, 그렇게 하여 조상의 이름을 더럽히지 않게만 해 주신다면, 더 이상 바랄 것이 없을 것입니다. 그런 뒤에 만약 저를 버리신다 해도, 그리고 끝내 돌아보지 않으신다 해도 저는 원망하는 마음을 가지지 않겠습니다."

호족 집안에서 평범한 백성으로, 다시 천한 기생으로 전락한 배도의 일생이 주생에게 전하는 말속에 잘 요약되어 있다. 기생 신분에서 벗어난다는 것은 그러므로 신분의 상승이라기보다 원래 가진 지위의 회복을 뜻한다고 볼 수도 있다.

그러나 주생은 배도와의 철석같은 맹세와 약속을 이행할 의지를 보이지 않았다. 열심히 공부하여 그동안 접어 두었던 과거 시험에 다시 도전해야 할 일이었다. 하지만 주생은 금세 다른 여자에게 연정을 품고 또 하나의 소꿉장난 같은 사랑 타령 속으로 빠져들고야 말았다.

"담을 뛰어넘어 남녀가 서로 놀아나고, 담 구멍을 통해 서로 엿보며 희희낙락하는 것이 군자가 할 일입니까? 낮에는 국영을 가르쳤다지만 밤에는 무엇을 하셨습니까? 진귀한 책을 읽기는커녕 규방의 처녀를 희롱한 것입니까? 지금 당장 들어가 이 사실을 승상 부인께 고하겠습니다."

배도는 자리를 박차고 일어섰다. 다급해진 주생은 배도를 붙잡아 앉히고 그동안에 있었던 선화와의 일을 사실대로 자백하였다. 그리고 무릎을 꿇고 머리를 조아리며 애원했다.

"당신에게 먼저 이야기하지 않은 것은 내 잘못이지만, 선화와 나는 이미 백년해로하기로 굳게 언약한 사이입니다. 어찌 내 잘못 때문에 죄 없는 그녀를 죽을 지경에까지 몰아넣을 수 있겠소? 제발 진정하시오."

배도는 마지못해 다시 자리에 앉아 주생에게 말했다.

"그러면 지금 바로 저와 함께 돌아가셔야 합니다. 그렇게 하지 않는다면 낭군께서 먼저 저와의 언약을 저버리는 것이니 저 역시도 맹세를 지킬 이유가 없습니다. 어떻게 하시겠습니까, 제 말대로 하시겠습니까?"

주생과 선화의 위험한 사랑은 얼마 가지 않아 들통이 나고 두 사람은 이별한다. 타오르는 배신감과 질투심에 사로잡힌 배도에 의해서이다. 맹세는 깨어졌고, 배도의 순진한 사랑과 믿음에도 금이 갔다. 주생의 무책임하고 이기적인 행동이 빚은 결과이다.

하지만 배도는 죽음 직전까지 주생에 대한 사랑의 감정을 접지는 못한다. 주생에 의해 신분 상승을 꾀하는 현실적 목표가 이미 무의미해진 상황에서도 배신감이나 질투심을 제어할 수 있을 정도로 사랑의 마음이 지극하였음을 알 수 있다.

"제가 죽고 나면 부디 선화를 배필로 맞이하고, 저의 유골은 낭군께서 오가는 길가에 묻어 주세요. 그러면 저는 죽은 뒤에라도 마치 살아 있는 것처럼 낭군의 모습을 바라보고, 두 사람의 행복을 축원할 것입니다."

자신이 죽은 후 선화와 주생이 결혼할 것을 축원하고, 주생의 행복한 모습을 가까이서 바라볼 수 있도록 길가에 묻어 달라고 부탁하는 배도의 유언은 처량하면서도 아름답다. 숱한 사람들이 지나다니는 번잡한 큰길가에 묻혀서라도 연인과의 거리를 가까이하고 싶은 마음의 표현이다.

「주생전」의 여성 인물 배도는 지극히 계산적이고 현실적인 과거의 지위 회복에도 실패하고, 현재의 신분을 뛰어넘는 사랑의 성취에도 끝내 실패하고 만 비극적 표상인 것이다.

3. 주생과 선화의 사랑과 숙명적 이별, 임진왜란

주생이 선화의 동생 국영을 가르친다는 명목으로 승상 댁에 입성한 뒤, 작품에 묘사되지는 않았지만 주생뿐 아니라 선화 또한 미묘한 감정의 흐름을 느꼈을 것이다. 주생이 선화의 별당에 침입하여 겁탈하던 밤, 선화는 별다른 항거 없이 낯선 남자를 받아들이고, 새벽이 되어 주생을 보낼 때는 상대방을 쩔쩔매게 만드는 장난을 걸기도 한다.

그리고 두 번째 날 밤, 선화는 주생과의 언약의 징표를 만들어 남기고자 한다. 무엇보다도 눈앞의 단꿈에 미혹되어 앞날을 생각하지 않는 주생에게 책임감을 부여하려는 노력이다.

"(…전략…) 우리의 만남은 구름 속에 가려진 달과 같고, 잎사귀 속에 숨은 꽃과 같습니다. 지금은 이렇게 만나는 즐거움을 누리지만, 오래갈 수 없을 것이니 어찌하겠습니까."

선화는 마침내 자신의 마음을 억누르지 못하고 원망과 서러움에 북받쳤다. 주생은 자신의 옷소매로 선화의 눈물을 닦아 주며 위로했다.

"대장부가 어찌 한 여인을 책임지지 못하겠소. 언젠가 부인께 말씀드리고 절차를 따라 정식으로 부부가 되면 해결될 일이 아니오? 내가 꼭 중매를 통해 혼약을 맺은 후 예를 갖추어 그대를 나의 신부로 맞이할 것이니 너무 걱정하지 마시오."

혼인 관계에 의하지 않은 위험한 사랑 대신 지아비와 지어미로서 가족의 틀에 안전하게 소속되기를 바라는 마음이다. 어떤 각도에서 보아도 선화의 불안은 당연한 것이다. 공식적으로 허락된 적 없는 이 만남이 세상에 알려졌을 때 큰 손해를 보는 쪽은 누가 뭐래도 여성이기 때문이다. 그러니 배도와 마찬가지로 계산적이고 현실적인 요구를 하지 않을 수 없다.

선화는 단지 말뿐인 약속을 믿고 그것의 징표로써 주생에게 반으로 나눈 거울과 부채를 준다. 주생의 약속으로써 계약은 성립된 것이니 합쳐져야 완전해지는 거울처럼 진정한 사랑을 하겠다는 의미이다. 가을이 되어 쓸모없어진 부채처럼 버려지면 반쪽만으로 남을 테니 이 사랑이 지속되어야 한다는 암묵적 요구이기도 하다.

그런데 배도에 의해 주생이 승상 댁을 떠나게 되고, 얼마 후 주생이 가르치던 국영이 갑자기 죽는다. 숨 돌릴 겨를 없이 배도마저 세상을 떠나는 사건들이 숨 가쁘게 이어져 주생과 선화 두 사람은 절망적인 상황에 빠지고 만다.

배도를 묻고 전당을 떠난 주생이 친척의 도움으로 선화와 혼약을 하게 된 것은 어쩌면 기적에 가까운 우연이다. 하지만 이처럼 우연히 얻어진 희망은 오래가지 못한다. 약속한 날짜가 다가오는 것을 기다리기 힘들었던 주생이 혼인을 더 앞당기자는 제안을 하려던 그때 멀리 조선 땅에서 전쟁이 터진 것이다.

주생이 이렇게 편지를 써 놓고 아직 부치지 못하고 있던 중이었다. 마침 조선에 전쟁이 일어났다. 왜적의 침략을 받은 조선은 명나라에 급하게 구원병을 요청하였다.

(…중략…)

황제는 남쪽 연안의 호남 지방과 절강 지방의 여러 고을에서 다급하게 병사를 모집하였다.

주생이 사는 호주 고을도 절강 지방에 속해 있으니 예외가 될 수 없었다. 게다가 출정할 군사들을 지휘할 유격 장군 모씨는 평소에 주생을 잘 알고 있었다. 그래서 이번 전쟁에 주생을 꼭 데려가려 했다. 장군은 주생을 징발하여 서기(書記) 일을 담당하도록 했다. 주생은 결혼을 앞두고 있어 한사코 사양했으나 뜻대로 되지 않았다.

마침내 주생은 유격 장군 모씨를 따라 병사들과 함께 조선으로 향하는 먼 길을 떠났다.

임진왜란의 발발은 전쟁 당사자인 조선과 일본의 백성들뿐 아니라 중국 백성들의 삶에도 영향을 끼쳤다. 「최척전」의 몽석이 명나라와 후금의 싸움이었던 부차전투에 조선군 원병으로 출정했던 것이나 다름없는 경우이다.

게다가 병사로 차출된 주생은 막 결혼을 앞둔 시점이었으니 전장으로 떠나는 마음이 얼마나 안타까웠을지 충분히 이해되고도 남는다. 이는 주생뿐만 아니라 전당 땅에서 주생을 기다리던 선화에게도 같은 무게로 전해졌을 고통이다. 선화의 사랑과 간절한 그리움은 끝내 행복한 결말로 이어지지 않았다.

임진년이 지나고 계사년(1593년) 봄이 왔다. 명나라 군사가 왜적을 크게 이기고 경상도까지 추격했다. 하지만 주생은 밤낮으로 선화를 그리워하다가 마침내 깊은 병이 들었다. 결국 군대를 따라 남쪽으로 내려가지 못하고 송도에 머물러 있게 되었다.

「주생전」은 그 말미에 실제 인물과의 만남과 필담의 내용을 근거로 하여 썼다는 작가 권필의 주석적 진술이 부기된 작품이다. 실제로 주생이라는 중국인이 있었는지, 그리고 그를 권필이 만난 것인지가 중요한 것은 아니다.

임진왜란 당시 조선 땅에서 부상 등의 이유로 전장이 아닌 후방에 남은 명나라 군사는 현실에도 많이 존재했을 것이고, 그런 처지의 인물을 모델로 하여 작품을 쓰는 것은 소설 작가의 입장에서 자연스러운 일이기 때문이다.

아무튼 주생의 낙담과 좌절, 선화의 비극적 사랑에 마침표를 찍는 사건으로 임진왜란이라는 역사적 사실이 작품에 개입한 것은 효과적인 장치라고 할 만하다.

4. 한시(漢詩), 가사(歌詞)와 서간(書簡)

「주생전」의 주요 등장인물은 주생, 배도, 선화 등이다. 전형적인 고전 소설의 재자가인[101]형 인물인 셈이다. 주생은 글 솜씨로 명성을 떨친 선비이며, 배도는 기생 신분이지만 전근대 사회의 기생 중에는 시서화(詩書畵) 및 예악에 뛰어난 전문 직업인의 성격을 지닌 여성들이 많았다. 배도 또한 문학과 음악에 뛰어난 재질을 보인다. 선화 또한 배도에 버금갈 정도로 글 솜씨가 좋고 음악적인 소질도 가지고 있다.

이 세 사람의 만남과 이별, 사랑과 질투를 고루 그려 내고 있는

---

101 재자가인(才子佳人) : 재주 있는 남자와 아름다운 여자

작품인 만큼 텍스트 내에는 많은 시가 삽입 수록되어 있다. 다음은 작품 서두 부분에서 방랑을 떠난 주생이 우연히 고향에 도착한 감회를 그린 시이다.

> 악양성 밖 배 위에서 모란 삿대에 기대었다가,
> 하룻밤 바람에 흘러 별천지로 들어섰네.
> 새벽녘 두견새가 울어 봄 달은 밝은데,
> 문득 놀라 깨어 보니 몸은 이미 전당에 와 있네.

이 한시를 시작으로 작품의 서술 중간 중간에 빈번히 끼어드는 한시 및 가사 작품들은 대개 등장인물들의 심리를 직간접적으로 표현하거나 사건의 전개를 암시하는 도구로 활용되고 있다. 특히 남녀 간의 사랑 노래로 쓰인 사(詞) 양식이 적극적으로 활용되고 있는데, 그것은 전절과 후절로 구분되어 있는 사의 형식을 두 사람이 각각 나누어 창작하는 등 등장인물의 교감을 표현하기에 적격이었기 때문이다.

방 한가운데 책상 앞에 홀로 앉은 배도가 보였다. 그녀는 구름무늬가 아로새겨진 고운 종이를 앞에 펼쳐놓고 앉아 글을 짓고 있는 것 같았다. 첫머리에는 '접련화'라는 제목이 붙어 있었다. 하지만 단지 앞부분만 썼을 뿐, 뒷부분은 아직 완성하지 못한 상태였다.

주생은 헛기침을 한번 했다. 배도가 못 들은 척, 아무 반응을 보이지 않자 이번에는 창문을 열면서 농담 비슷이 말을 걸었다.

"주인이 아직 완성하지 못한 글에 나그네가 나머지를 채워 넣어도 되겠습니까?"

배도는 깜짝 놀란 듯 고개를 반짝 쳐들었다.

배도와 처음 만난 날 주생이 배도가 지은 노랫말 앞부분 이후에 뒷부분을 마저 채워 넣는 장면이다. 두 사람이 모두 사의 형식적 특징을 완벽히 이해하고 있기에 가능한 설정이다. 여성의 노래 및 시에 남성이 화답하는 장면은 주생이 선화의 별당에 몰래 침입한 밤의 묘사에서도 비슷하게 재현된다.

주생은 기둥 사이에 바짝 엎드려 선화의 거문고 소리를 듣고 있었다. 그렇게 넋을 잃고 있는 사이 어느덧 연주곡은 끝이 났다. 선화는 낮은 목소리로 소자첨의 「하신랑사」를 읊기 시작했다.

주렴 밖에 누가 와서 비단 창을 두드리는가.
선경에서 노래 듣는 꿈을 아쉽게도 깨웠네.
아, 바람이 대나무를 두드리는 소리였나.

주생은 드리워진 주렴 아래로 살며시 다가가 작은 소리로 화답하여 읊었다.

바람이 대나무를 두드린다고 하지 마오.

정말로 그리운 사람이 온 것이라오.

사람의 기척에 놀란 선화는 서둘러 촛불을 끄고 다급히 잠자리에 누웠다.

한시와 가사뿐만 아니라 편지글도 작품의 전개를 위한 수단으로 쓰였다. 「주생전」의 마지막 부분은 선화와 주생의 서로를 향한 애절한 마음이 편지에 담겨 독자에게 제시된다. 이전 부분에 서술된 전체 이야기가 편지의 내용에 요약되기도 하고, 재회를 희망하는 기대감이 반영되는가 하면 혹시 따라올지 모르는 불행에 대한 일말의 불안감이 그대로 노출되기도 한다.

어느 날 밤, 당신은 담을 넘고 또 넘어 저를 찾아오셨지요. 고운 나비가 뜻을 전해 주고, 새가 길을 알려 주며, 동쪽 하늘의 달이 낭군을 문까지 안내한 것이었을까요? 그렇게 담을 넘어오셨는데, 제가 어찌 제 몸을 아낄 수 있었겠습니까. 선약을 달이려고 인간의 세계에 내려와 일은 마쳤지만 옥경에 올라가지 못한 선녀처럼, 저는 거울을 둘로 나누어 가지며 당신과 함께 부부의 인연을 맺기로 굳게 맹세했지요.

그러던 것이 호사다마하여 좋은 시절을 다 놓치고 말았습니다.

그대를 사랑하는 마음은 그때나 지금이나 변함없지만, 몸이 점점 여위어 감을 슬퍼합니다. 낭군께서 떠나신 뒤 봄은 다시 왔지만 당신의 소식은 끊어졌지요. 배꽃 위에 비 내리고 황혼 빛이 문을 비출 때면 잠을 이루지 못하고, 당신을 생각하며 저는 자꾸만 수척해졌습니다. 비단 휘장은 낮에도 쓸쓸하기만 하고, 촛불을 밝힐 일 없으니 밤은 어둡기만 합니다.

즉 「주생전」에 삽입된 한시, 가사, 서간문 등은 등장인물의 심리를 추측하는 데 도움을 주는 장치이자 작품의 분위기를 채색하는 도구이기도 하고, 서사의 전개 방향을 예측하게 해 주는 나침반의 역할까지 수행한다.

5. 최초의 근대 장편 소설 「무정」102과 비교한다면?

「주생전」을 주생과 배도, 선화 세 인물의 삼각관계에 의한 애정

---

102 **무정(無情)** : 이광수(李光洙, 1892-1950)가 쓴 근대 문학 최초의 장편 소설. 이전 신소설과 달리 동시대 사람들의 삶과 성격을 실감나게 그렸고, 사회 현실에 대응하는 젊은 지식인의 내면을 잘 드러냈다. 자아의 각성을 통해 사랑과 배움의 문제를 이야기의 중심축으로 전개하며 전통적인 윤리 의식과 규범으로부터 개인의 해방을 강조한다. 부르주아 계몽주의 입장에서 전통적 인습과 윤리를 반대하고 신교육과 신문명을 통한 자강주의를 주장했다. 1917년 1월 1일부터 『매일신보』에 126회에 걸쳐 연재되었고, 1918년 광익서관에서 단행본으로 펴냈다. 이광수를 근대 문학 초기의 개척자로 인정받게 한 대표작이다.

서사로 볼 때, 삼각형의 정점에 있는 남성 인물과 두 여성의 경쟁 구도는 근대 소설 독자에게도 매우 익숙하다고 할 수 있다. 바로 우리 근대 소설사의 첫 장편으로 평가되는 이광수의 「무정」과 흡사한 구도이기 때문이다.

「무정」의 형식이 경성학교의 영어 교사요, 김 장로 집의 가정교사라는 점은 「주생전」과 비교해 볼 때 흥미로운 점이다. 주생 또한 학식이 높은 선비로 인정된 끝에 노 승상 댁에 입주하여 자제를 가르치게 된 것이다.

"너의 집에 빈방이 있다면 아예 내가 너의 집으로 이사를 가서 가르치는 것이 좋을 듯싶구나. 너는 왕래하는 불편을 덜 것이고, 나는 너를 가르치는데 전력을 다할 수 있을 것이다. 이야말로 일석이조가 아니겠느냐?"

주생의 제안에 국영은 진심으로 고마웠다.

"그동안 감히 청하지 못했으나, 정말 그렇게 해 주신다면 저로서는 감사할 따름이지요."

주생이 배도의 집으로 매일 배우러 오는 제자 국영에게 달콤한 제안을 하는 장면이다. 「무정」의 형식이 김 장로의 집에서 가정교사 노릇을 하면서 선형과 가까워졌듯이 「주생전」의 주생도 노 승상의 집에 들어가 자연스럽게 선화와 가까워질 기회를 노리는 것이다.

「무정」이 지닌 애정 서사의 삼각 구도에서 정점에 선 인물은 형식이다. 형식의 양편에 영채와 선형 두 여성 인물이 배치되어 있다. 두 여성 사이의 갈등은 뚜렷한 사건으로 제시되지 않지만, 결국 형식의 배우자 후보라는 점에서 경쟁 관계에 있다고 말할 수 있다. 그런데 두 여성을 둘러싼 환경과 조건은 차이가 꽤 난다.

영채는 「주생전」의 배도처럼 기생이라는 직업을 가지고 있다. 그런가 하면 선형은 「주생전」의 선화처럼 부잣집에서 귀하게 자라난 여성이다. 형식은 두 여성 사이에서 갈등하는데, 결국 사람 자체의 긍정성이나 과거의 의리 등을 판단의 기준으로 삼지 않고 미래의 가능성을 탐색한 끝에 김 장로의 딸 선형 쪽으로 마음이 기운다. 선형과 결혼하면 부잣집 사위가 되어 유학의 기회를 잡을 수 있기 때문이다.

물론 이는 개화가 요구되는 시대에 선각자가 취해야 할 행동의 지표로 제시된 것이지만, 형식이 영채에게 무정했던 것은 「주생전」의 주생이 배도에게 무정했던 것과 별반 다르지 않다.

이광수가 「주생전」을 실제로 읽었는지는 알 수 없다. 하지만 우연에 의해서라도 이처럼 드러나는 공통점은 우리의 소설사와 소설 작법이 고전 소설과 현대 소설, 그리고 그 사이 과도기적 양식으로 존재한 신소설을 포함하여 연속성을 띠고 전개된 것임을 알 수 있게 한다.

심사정필 산수도

해설
「최척전」과 「주생전」에 대하여

1. 조위한의 「최척전」

조위한(趙緯韓, 1567-1649)의 본관은 한양(漢陽)이며, 자는 지세(持世), 호는 현곡(玄谷)이다. 증조부 조방언(趙邦彦)은 참판 벼슬을, 조부 조옥(趙玉)은 현령 벼슬을 지냈다. 아버지는 증판서 조양정(趙揚庭)이다.

1592년(선조 25년) 임진왜란이 일어났을 때 김덕령(金德齡)을 따라 종군하였다. 1601년 사마시를 거쳐 1609년(광해군 1년) 문과에 급제하여 주부(主簿), 감찰 등을 지냈다. 1613년 계축옥사 때 파직당했다.

1623년 인조반정으로 다시 벼슬길에 올랐다. 양양 군수를 지내기도 했으며, 1624년(인조 2년)에는 이괄(李适)이 난을 일으키자 토벌에 참여하여 서울을 지켰다. 정묘호란, 병자호란 때에도 출전하였고, 난이 끝난 뒤에 군사를 거두어 돌아왔다.

그 뒤 벼슬길에서 물러나 있다가 다시 등용되었으며, 동부승지, 직제학을 지냈다. 벼슬이 공조 참판에 이르렀으며, 80세에 자헌대부에 오르고 지중추부사(知中樞府事)를 지냈다. 글과 글씨에 뛰어났으며 해학(諧謔)에도 능하였다.

그가 지은 가사로 「유민탄(流民嘆)」이 있었다고 하지만 현재 전하지 않고, 저서 『현곡집(玄谷集)』, 『기행록(紀行錄)』 등이 남아 있다.

「최척전」은 조위한이 쓴 한문 소설이다.

주인공 최척과 옥영의 사랑 이야기를 바탕으로 전란으로 인한 가족의 이산과 기적적인 재회를 그렸다. 임진왜란과 정유재란으로 인한 당시 민중 계층의 희생, 가족들의 이산의 아픔 등이 사실적으로 나타나 있다.

「최척전」은 현재 8편의 한문 필사본, 1편의 국문 필사본이 남아 전한다. 이 소설은 1621년(광해군 13년) 윤 2월에 조위한이 임진왜란을 소재 및 배경으로 하여 창작한 작품이다. 내용의 성격상 애정 소설로도, 전기 소설(傳奇小說)로도 볼 수 있으며, 우리나라 최초의 피란 소설로서 「기우록(奇遇錄)」이라고도 부른다. '기우록'이란 '기이한 만남의 기록'이라는 뜻이다.

작자는 작품 말미에 이 소설의 창작 동기를 밝히고 있다. 자신의 기구한 운명 이야기를 기록해 달라는 주인공 최척의 부탁을 받고 썼다는 것이다. 이는 고전 소설에서 흔히 볼 수 있는 가탁(假託) 형식이다.

「최척전」의 작가에 대해서는 확증하기 어렵다는 논의가 있지만, 유몽인(柳夢寅)의 『어우야담(於于野談)』에 실린 「홍도 이야기」와 유사한 내용임을 볼 때, 임진왜란 당시에 구전되던 설화를 바탕으로 조위한이 여러 사실적 화소를 보충하여 완벽한 구조의 소설로 창작하였다고 보는 것이 타당하다.

「최척전」의 시간적 배경은 1592년 임진왜란과 1597년 정유재란, 1619년 후금의 명나라 침입이라는 전란의 기간을 관통하고 있다. 게다가 공간적 배경은 조선, 일본, 베트남, 중국 4개국을 넘나든다. 최척과 옥영 두 부부의 파란만장한 삶 속에 전쟁과 피란, 죽음 등의 압도적 경험이 수시로 출몰하게 되는 까닭이다. 이와 더불어 작품에는 16세기 말에서 17세기 전반에 백성들이 겪었던 보편적 현실과 풍속이 살아 움직인다.

전쟁을 배경으로 하고 있으니 전쟁 소설, 피란 소설로서도 의의가 있지만, 간절한 남녀의 사랑을 중심 서사로 하고 있어 애정 소설로도 손색이 없다. 전기 소설(傳奇小說)의 관점에서 보자면, 남원 만복사의 부처가 옥영에게 현몽(現夢)하는 모티프를 빼놓을 수 없다. 이는 불교적인 인연과 기적을 바라는, 그러면서 지극한 정성이 하늘을 감동시켜 미래의 안녕을 가져올 수 있다고 믿는 당대 민중의 세계관을 반영한 것이라고 할 수 있다.

2. 권필의 「주생전」

권필(權韠, 1569-1612)의 본관은 안동(安東)이며, 자는 여장(汝章), 호는 석주(石洲)이다. 승지 벼슬을 지낸 권기(權祺)의 손자이며, 권벽(權擘)의 다섯째 아들이다.

정철(鄭澈)의 문하에서 공부했다. 글재주가 뛰어났으나, 성격이 자유분방하고 구속받기 싫어하여 벼슬하지 않은 채 일생을 마쳤다. 동료 문인들의 추천으로 제술관(製述官)이 되고, 또 동몽교관(童

蒙教官)에 임명되었으나 끝내 나아가지 않았으며, 강화에서 제자 양성에 힘썼다. 강화에 있을 때 그의 명성을 듣고 수많은 유생들이 몰려왔다고 하며, 명나라의 대문장가 고천준이 사신으로 왔을 때 영접할 문사로 뽑혀 이름을 떨쳤다.

임진왜란 때에는 강경한 주전론을 주장했다. 광해군 초에는 권신 이이첨(李爾瞻)이 교제를 청하는 것을 거절했다고 한다. 광해군의 비 류씨의 동생 등 외척들의 방종을 비난하는 「궁류시(宮柳詩)」를 지었는데, 결국 발각되어 해남으로 유배되었다. 귀양 가는 길에 동대문 밖에서 행인들이 그를 동정하여 술을 주었는데, 그것을 폭음한 끝에 바로 이튿날 44세로 세상을 떠났다.

자기 성찰을 통한 울분과 갈등의 토로, 잘못된 사회상의 비판과 풍자에 주목할 만한 성과를 거둔 문인이다. 인조반정 이후 사헌부 지평에 추증되었다. 저서로 『석주집(石洲集)』이 전한다.

「주생전」은 권필이 쓴 한문 소설이다. 필사본으로 전하며 작품의 말미에 지은이가 1593년 봄에 송도에 갔다가 역관(驛館)에서 이 작품의 주인공인 주생을 만나 필담(筆談)으로 그의 행적을 듣고 돌아와 서술한 것이라고 기록되어 있다.

「주생전」은 한 젊은 선비와 두 여인 사이에서 이루어진 비극적인 사랑을 전기 형식(傳記形式)으로 그려 낸 작품이다. 고전 소설에서 흔히 보이는 비현실적 요소가 없다는 것이 특징이다. 그만큼 배경, 사건, 인물 등의 측면에서 현실감이 두드러지게 나타난다.

주요 인물들의 고독과 사랑, 비극적 좌절과 슬픔을 표현하는 많은 서정시가 삽입되어 있는 것도 이 작품의 특징으로 꼽을 수 있다. 이에 따라 작품의 전체적 분위기는 우수로 차 있다.

「주생전」의 삼각연애 구도는 남성의 탐욕과 이기적인 사유, 여성의 선천적인 애욕과 질투심을 그리기 위한 장치이다. 작자인 권필이 현실에 적응하지 못하고 짧은 인생을 불우하게 살다간 자신의 운명을 주인공의 낭만적인 생애로 재생시킨 것이라고 보기도 한다. 이에 따라 작품의 서술자는 남성 중심의 서술 태도를 취하고 있으며, 서술자는 여성 인물의 비극적 삶보다는 남성 인물이 맞이한 운명적 좌절에 초점을 맞추고 있다.

물론 「주생전」은 선비의 신분을 떨치고 장사꾼으로 나서는 주생에게서 새로운 시대 의식을, 신분 상승을 적극적으로 시도하는 배도라는 기생의 모습에서 민중들의 소박한 삶의 가치관을 각각 엿볼 수 있다는 점에서 최소한의 근대적 의의를 확보한 것으로 인정할 수 있다.

「최척전」과 「주생전」은 애정 서사로서의 공통점 이외에도 가탁의 형식을 차용하였다는 점, 인물들의 운명에 전란이 개입되어 있다는 점 등의 공통점을 가진 작품들이다. 이는 작가 조위한과 권필이 동시대를 살았고, 뿐만 아니라 친분이 매우 두터운 사이였다는 점에서 충분히 공유될 수 있을 만한 사항이다.

조위한과 권필은 「홍길동전」의 작가 허균과도 절친한 관계를 유지했다. 이들이 쓴 작품들에 가탁의 형식이 적용된다거나 후대 학자들에 의해 작가 논란이 일어나는 등의 사정은 소설 쓰기가 선비들의 떳떳한 일로 인정되지 않던 당대 분위기와 연관되어 있을 것이다.

「주생전」 또한 「최척전」처럼 임진왜란이라는 역사적 사건이 작품의 배경으로 개입되어 있다. 그러나 「최척전」의 임진왜란 등 전란이 작품 내 여러 사건의 전개 과정에 긴밀히 연관되고 있는 것에 비해, 「주생전」의 임진왜란은 작품 결말에 부분적으로 작용하는 모티프이다.

물론 주생과 선화의 비극적 사랑이 완전히 깨어지는 계기, 사랑의 완성으로 의미 부여될 수 있는 혼인의 성립이 지연되거나 틀어지게 되는 계기라는 점을 눈여겨볼 필요는 있겠으나, 그들의 사랑이 난관에 빠지고 이별에 이르게 되는 것이 전란에 기인한 것이라고 하기는 어렵다.

이는 결말 분을 제외한 「주생전」의 전체적 배경이 중국이며, 주요 인물들이 모두 중국인이라는 사실과 관련이 깊다. 「최척전」의 저자 조위한이 조선 백성들의 삶을 다루는 방식과 「주생전」의 저자 권필이 중국의 재자가인을 다루는 효과적인 방식이 같을 이치가 없는 것이다.

산수화도

본책에서 사용한 그림은 국립중앙박물관의 「겨울 산수」, 「산수인물화」, 「조선회화 신윤복 필 화조도」. 「심사정필 산수도」, 「산수화도」, 「장터길, 《단원 풍속도첩》」를 이용하였습니다.